網路小
Novel@N
190
飛過天邊的幸福
Micat 著
當身邊有你溫柔守護，我也不再看著遠方，
不再天真地追逐可望而不可及的幸福。
愛上一個人需要勇氣，遺忘也是。
然而，如果不曾經歷過，或許永遠也無法明白：
唯有放下了不屬於自己的愛情，才能好好把握真正的幸福。

1

自從升上高二的那年暑假結束了初戀至今，我的感情生活空白了整整四年。而此刻，我已經是一個大三學生了，周遭同學幾乎都談起戀愛，每次放假回家，還要被爸媽詢問交男朋友了沒有。若說我對於這樣的感情空白絲毫不在意，這絕對是個天大謊言。

在這精采的大學生活中，不是沒有人追求我，也不是我眼光太高，而是我的心裡從很久以前就住進了一個人，那個人不但不曾從我心中離開過，反倒因為我的堅持與執著，佔據著愈來愈深的位置。

儘管我從好久以前開始，就知道他心裡也同樣住著一個女孩。

「那這次的報告，就決定用這個主題囉。」在長達一個多小時的討論後，毓琪做了結論。

「好啊！」大家異口同聲。

「所以就按照以往默契十足的分工，默契十足地用最少的付出，得到最值得的分數。」阿牧將筆蓋蓋上，笑著說。

「對呀，爲我們新的報告乾杯！」毓琪拿起裝著紅茶的玻璃杯，對著大家開心地笑了，「乾杯！」

「乾杯！」大概是發現我心不在焉地看著窗外，憲竣拿起杯子和大家乾杯前，還特別輕輕地碰了我手上的紅茶杯，對我笑了笑，「開會不專心，還發呆。」

「喔……」將視線從對街的一對情侶身上拉回來，我尷尬地笑著，連忙拿起杯子，「乾杯！預祝報告成功。」

「對了。」毓琪喝了一口飲料，放下杯子後，用她好聽的聲音問我們，「等一下我要和麥可一起去吃大餐，你們也來好不好？」

憲峻和阿牧不約而同地搖搖頭，相視而笑。

毓琪輕輕地哼了一聲，用她貼了假睫毛的大眼睛看著我，「小曦，那妳要不要和我一起去？」

「不了，我才不想當電燈泡呢！」我皺了皺鼻子，還故意嘆一口氣。

「一起去嘛！麥可下個月升官當組長，薪水也跟著升了一些，他說今天可以大吃特吃，要他請什麼都可以喔！」毓琪瞇起眼睛，噘著嘴說。這位麥可，是她之前到一家貿易公司打工時認識交往的男朋友。

「不用啦！不打擾你們『夫妻倆』啦！就好好慶祝吧！」我笑著搖搖頭，還特地加重了語氣。

「確定？」

「嗯。」

「憲竣和阿牧呢？你們也這麼客氣啊？」

「小曦都這麼說了，我們怎麼敢去當電燈泡？」阿牧很豪邁地將紅茶一飲而盡，還故意拿我當擋箭牌。

「憲竣？」毓琪睜大了眼睛，滿是期待地看向憲竣。

「你們情侶倆好好慶祝一下吧！」憲竣也微微笑著，「再說，我待會兒載小曦回去，妳也可以直接從這裡出發，先去和麥可會合。」

「好吧……」

「祝你們有個甜蜜的燭光約會。」阿牧收好桌上的資料，小心地放進背包。

「路上小心，記得別太晚回家，免得老媽又要碎碎唸，說什麼『女大不中留』之類的喪氣話。」

「好啦！有最愛我的大帥哥林憲竣幫我 cover，我才不怕呢！」毓琪抿抿嘴，看著她的雙胞胎哥哥，撒嬌地笑。

憲竣和毓琪是一對雙胞胎兄妹，由於是異卵雙生，兩個人並不像同卵雙生的雙胞胎長得一模一樣，更妙的是，憲竣和毓琪兩個人走在一起，別說是雙胞胎了，甚至不會讓人聯想到他們是一家人，因爲他們長得一點也不像，如果硬要說有什麼長相上的共通點，我想，大概就是他們各自擁有好看的外表。但是儘管如此，兩個人的好看還是屬於不同向度的。

「怎麼能不幫妳 cover 呢？對了，還是我先載妳去市區搭車？」

「喔！不用了，麥可正好在這附近和客戶開會，等一下他會到校門口接我。」毓琪臉上的表情，說明了她此刻小女人的甜蜜心情。

「幫我們恭喜麥可。」

「沒問題。」毓琪看了手錶一眼，「時間差不多了，我要準備走了。」

「路上小心。」我向毓琪揮揮手。

「拜拜。」毓琪拿起她的亮皮包包，站起身，「對了，小曦！」

「嗯？」我睜大眼睛看著毓琪。

「妳晚一點有空的話，記得打個電話給那個電機系的李梓易，告訴他我們分工的方式，還有他必須負責的部分。」像往常一樣，毓琪總是在我們幾個人之中扮演著主導者的角色。

「李梓易？」起初我還沒反應過來這是誰的名字，愣了一會兒，才想起是我們另一位組員，分組那天，好像因爲什麼比賽而請了公假，老師便直接將他分配到我們這組來，所以我們連他長得是圓是扁都不知道，唯一的聯絡方式就只有他的手機號碼而已，

「喔……好。」

「那我走囉！」

「我們也差不多了，一起離開吧！」

2

「憲竣，謝謝你特地載我回來。」脫下安全帽，我抬頭看著憲竣那張很帥的臉。

「不客氣，」憲竣的語氣很溫柔，「我那個妹妹把妳拋棄在簡餐店，我當然有義務負責載妳回來囉！」

「妹妹！」我噗哧地笑出聲，然後故意大聲說，皺了皺鼻頭。想起每次毓琪和憲竣爭論的畫面，他們只不過是差一點時間出生，她很不服氣自己註定當妹妹。「這句話被毓琪聽到，恐怕她又要跟你爭論個不停了。」

「哈！」

看他露出微笑，我的嘴角像被感染般跟著上揚，「所以我是你義務為妹妹收拾的『殘局』囉？」

「我可沒這麼說。」

「唉唷！」我還是沒躲過憲竣輕輕敲了我的頭的舉動。

「可別自己亂想，憑我們之間的交情，妳要去哪裡，我都可以載妳啊。」憲竣又笑了，同樣是那種溫柔的表情。

「謝謝。」我看著憲竣，發現自己眞的很習慣也很喜歡他臉上這種溫柔的笑。

「快上樓吧！」憲竣接過我手中的安全帽，放進置物箱。

「好，你要回家了嗎？路上小心。」

「我會的，不過應該還不會直接回家吧！」

我嚥了嚥口水，停頓幾秒，「那麼……」

「想到市區逛逛。」

「逛逛啊？」

「薇婷的生日快到了，我想去挑個禮物。」

「喔……」

「雖然她可能不會接受，但我還是想試試。」

「嗯……」我點點頭，在不到〇．五秒的時間裡，我收回了自己的失望，立刻換上開朗的笑容，然後暗自希望憲竣不要發現我剛剛忘了掩飾的表情。「希望你可以挑到一個適合薇婷的禮物啊。」

「希望囉。」他聳聳肩。

「那我先上樓了。」我還是沒忘記擠出笑容。

「嗯，老規矩，等妳窗邊的燈亮了再走。」

「拜拜。」

我轉身往住處走去，回到房間後，依照我和憲竣的老規矩，我急忙走到窗邊，打開窗戶，朝樓下向他揮了揮手，大聲地喊：「騎車小心喔。」

「好。」憲竣從樓下抬頭看我，然後才坐上機車，發動引擎往巷子口騎去。

而我在樓上，注視憲竣揚長而去的背影，心裡突然好落寞。

於是我關上窗，靜靜地坐在窗邊的書桌前，看著我們四個人的合照發愣。當我想起剛剛憲竣提到要去市區逛逛，說想買份禮物送給薇婷的樣子，我心裡的落寞立刻無預警地悄悄變成一種刺刺的心酸。

是的，不用再多做什麼說明，我的死黨、我的好朋友、我的好姊妹毓琪的雙胞胎哥哥林憲竣，就是那個住在我的心裡好久好久，一直都沒有離開的那個人。

而我，就是在這幀照片裡，那個看夜景和流星的晚上，發現自己已經喜歡上他的。

3

「喂？」在等待的鈴聲即將響起第四聲時，對方接了電話。

「喂，請問是李梓易同學嗎？」我吸了一口氣，打電話給一個陌生人，其實讓我有點緊張。

「對，妳是？」

「我是程卉曦，就是英文文學通識和你同組的組員。」

「喔！怎麼了嗎？」

「加上你，我們這一組總共有五個人，正好我們另外四個人同班，今天有空，就先花了一些時間，討論了一下報告該怎麼進行。」

「喔？」

「因為整個時程滿趕的，所以我們也已經分配好工作了，希望你不會介意。」

「分配工作？」電話裡的聲音，尾音微微地往上提。

「對……」我嚥了嚥口水，擔心他對於工作的分配會有異議，我緊張了起來，「你放心，我們都很公正的，而且負責的書籍和章節也是抽籤決定，絕對沒有……」

「同學！」他打斷了我的話。

「啊？」

「我沒說我不信任你們的工作分配啊。」雖然是透過電話，但我覺得他的語氣裡似乎帶著淺淺的笑意。

「那……」

「你們怎麼分配就怎麼做囉！我沒辦法去開會，是我比較抱歉。」他咳了咳。

聽見對方這樣說，我總算放鬆下來，畢竟在大家都確認過的情況下，這個叫李梓易的同學有其他意見的話，想必又要花上一些時間溝通。

「下星期上課之前，必須先完成自己的部分，你負責的書已經借好了。」

「哇塞！動作這麼快。」

「嗯，因爲有另外一組也做相同主題的報告，毓琪……喔！也是和我們同組的同學，她怕參考書被借光，所以就先下手爲強了。」

「眞是太感謝你們了。」

「不會啦！那我什麼時候把書和資料拿給你比較方便？」我停頓了幾秒，「你明天上午有課嗎？」

「本來有。」

「本來？」

「嗯，不過明天起，連續兩天我們都有比賽，也都請了公假。」

「連續兩天？」我抓起放在書桌上的小月曆，驚訝地提出疑問，「這樣你有時間整理資料嗎？」

「就盡量囉！所以我想等會兒就先去找妳拿資料，方不方便？」

放下月曆，我瞥了一眼牆上的時鐘，暗自吐了一口氣，「看來也只能這樣了。」

「妳住在學校宿舍嗎？」

「沒有，我住校外的套房，在五街的街尾。」我想了想應該怎麼形容，「你知道紅色的那棟樓吧？還顯眼的。」

「我知道，那我跟妳約十點半好嗎？」

「好啊！十點半在樓下等你，免得你找不到。那待會兒見，拜拜。」

「喂！」

「啊？」我原本要按下結束通話鍵的，因爲隱約聽見他的聲音，又再次把手機貼近耳朵。

「我應該找得到，妳等我電話再下樓吧！」

「等電話再下樓？」我重複了他的話。

「拜。」他沒有解答我的疑惑，直接掛斷了電話。

4

原以爲要等至少半個小時，沒想到，還不到二十分鐘我就接到了他的電話。接到電話後，我急忙地拿了書桌上的書籍與資料，抓起鑰匙便衝下樓。

我打開大門的鎖，才剛踏出大門一步，就看見一個站在十公尺遠處，把安全帽掛在後照鏡上，看起來應該是李梓易的男孩子。我正準備舉起手向他打招呼時，竟突然吹起一陣風，將我手上沒有裝訂的資料吹了起來。

「啊！」我措手不及，看著散落在地上的資料，慌亂之中，將手上的一疊東西放在一旁的機車上，一心急著將被吹散的資料撿回來。

正當我著急地撿起十幾張資料中的其中一張時，正朝我的方向跑來的李梓易也大喊著，「機車上那疊！」

機車上那疊？

先是聽見李梓易慌張的提醒，再看見他慌張的表情，我大概料想到出了什麼事，暗叫不妙，立刻望向剛剛放在一旁機車上的資料。

糟糕！

我眼睜睜看著機車上的資料文件，像一片片巨大的雪花，毫不客氣也毫不優美地往四處飛散。

唉呀！程卉曦！妳這個大笨蛋！

我回過神來，想要站起身衝向機車，李梓易已經早我一步跑到機車旁，用他的大手壓住資料，避免造成更大混亂，然後再小心翼翼地將沒有裝訂的文件壓在三本原文書下，小心地放在那輛機車的腳踏墊上，「別再發呆了，快把資料撿回來吧。」

「喔！」經由他這麼一提醒，我才察覺自己放心得太早，於是繼續追著被風吹飛的資料。

「有幾張愈飛愈遠了。」李梓易手長腳長的，動作迅速地撿回了好幾張，手上的資料很明顯比我多很多。

「對呀！風也太大了吧！」我慌亂地撿著，一邊大聲抱怨，突然看見其中一張被風高高吹起，我伸手想去抓，但是當我以為自己即將抓住時，又颳起了一陣風，將那張紙吹往對街。我趕緊站了起來，追著那張資料跑，一時竟忘了注意有沒有來車，自顧自地跟著往對街跑去。接著，李梓易對我大喊「小心」，我回神，才注意到距離我很近的刺眼車燈，聽見響起的長音喇叭聲，我的腦袋瞬間陷入一片恐怖的空白裡。

「啊！」我來不及反應，尖叫了一聲，慌亂中，手臂被人狠狠地拉了一把，同時將我的腦袋從可怕的空白裡拉了回來。

「小姐！妳不要命啦？」李梓易站在我面前，低頭看我。

我緊張地喘著氣，將視線從自己的鞋尖移到他擔心的臉上，「嚇……嚇死我了。」

「也嚇死我了。」他皺著眉，抿了抿嘴。

「呼！」我發現此刻我的心跳還沒回復到正常跳動的頻率，所以呼了一大口氣，想讓自己快點緩和下來。

「這樣搏命演出也太危險了吧！」李梓易邊說又邊撿起腳邊的資料。

「抱歉……」我驚魂未定，尷尬地苦笑了一下，擦掉額頭上冒出來的冷汗，看著撿回最後幾張資料的李梓易。

「應該都撿回來了，除了飛到對街那幾張。」他跑回我面前，接過我手上的資料，稍加整理收拾。

「我來整理好了。」

「沒關係啦！我回去再整理就好了。」

「眞的沒關係嗎？」

「這上面都有頁碼，又不難找。」

他一臉無所謂的表情，我原本打算妥協的，下一秒突然想起那疊資料分別來自不同文獻，就不自覺地嘆了一口氣，「唉，那沒那麼容易啦。」

「嗯？爲什麼？」

我又嘆一口氣，「這些資料上雖然有頁碼，但分別來自六七本文獻，資料是我去印的，我來處理應該比較容易。」

「這……」他臉上原本無所謂的表情，突然露出一絲絲爲難。雖然我不知道這樣的爲難到底是爲了什麼。

我伸出手，攤開掌心，「我來吧！我覺得這樣比較有效率，我想只要半小時左右，就可以找出遺失了哪些章節。」

「好吧！」他聳聳肩，「既然妳這麼堅持，那就聽妳的。」

「嗯，那……」我從他手中接過資料，看著手中皺皺的還沾了一些塵土的紙張，然後猶豫起來。

雖然資料是我印的……雖然我可能只要半小時就可以把這些資料大概分類好……但

是這裡風這麼大，根本無法就地處理這種工作啊！最好的辦法，就是上樓到我的小套房去。可是話說回來，我一點也不想帶一個認識不到十分鐘的人上樓，我也總不能叫他就在樓下等我半個小時吧！

我往大門的方向看了一眼，發現我的猶豫愈來愈多。

「同學。」

「嗯？」

「妳剛才被那輛車嚇了一大跳，對吧？」

忙著猶豫的我，疑惑地皺起眉頭，不明白這個人爲什麼突然問了毫不相干的問題，「所以呢？」

「妳知道我們家鄉……」

我打斷了他的話，「我怎麼可能知道你的家鄉在哪裡？」

「重點不是這個。」

「喔。」我盯著他認眞的眼神。

「像這種受了很大驚嚇的情況，我們家鄉有一種傳說……」他挑起了眉毛，將話停頓在很欠揍的地方。

「什麼傳說？」好吧！我得承認我實在太容易被別人的話題牽著走，儘管我很清楚這跟剛剛的問題沒有半點關係。

「傳說受到太大的驚嚇時，也許當事人本身覺得沒什麼，但三魂七魄可能……」他嘆了一口氣，再次將話停在很欠揍的地方。

「可能怎樣啦？」我嚥了嚥口水，突然覺得背後涼涼的。

「真的想知道？」

停頓了幾秒，我點點頭，背後還是涼涼的，「對啊。」

「我們家鄉的長輩說，紅豆有驅邪並且招來好運的效果。」

紅豆有驅邪並且招來好運的效果？是這樣嗎？我怎麼從來沒聽過？

「所以？」

「按照我們家鄉的習俗，像妳剛剛嚇了這麼大一跳，應該要把紅豆熬上七七四十九個小時，煮成濃濃的紅豆湯收收驚。」

「那麼久？」

「重點不是熬湯的時間久不久。」他嘆了一口氣，臉上的表情讓我覺得自己很蠢，「重點是必須喝濃濃的紅豆湯收驚。」

「喔，還要喝紅豆湯收驚去霉氣就對了？」

「嗯，」他煞有其事地點點頭，表情既嚴肅又認眞，「不過我們住外面不方便，我剛才來的時候，發現這個街口有間紅豆湯店，我們乾脆去喝碗紅豆湯驅驅邪，順便把這些資料整理好，妳覺得怎麼樣？」

我笑著點點頭，「一舉兩得。」

「沒錯。」他聳聳肩，「那我們走吧！」

5

「妳慢慢吃吧！」他淡淡地笑了笑，將吃完的紅豆湯湯碗推到一旁，「我來整理。」

「我……」我連忙嚥下嘴裡的湯圓，差一點噎到，忍不住咳了一聲，「你等我一下，我來幫忙。」

「這種招來好運的方法，需要細嚼慢嚥，吃得愈慢，愈能達到效果。」他抽了一張面紙，仔細擦拭了一下桌面，接著再把將那疊不平整的資料從旁邊的椅子拿到桌上。

「真的要細嚼慢嚥啊？」

「騙妳幹麼。」他翻了翻白眼，「吃得愈慢愈有效果。」

我認真地點點頭，「那我真的要慢慢吃囉！」

他突然莫名其妙地哈哈地笑了兩聲，「好。」

「你幹麼笑得這麼奇怪？」

「哪有。」他抿抿嘴，一副開始認真整理文件的樣子，完全不打算回答我的問題。

「對了！忘了告訴你。」我放下湯匙，指著桌上一張以表格方式整理出來的工作分配表，「我和你一起負責這個部分的書面報告。」

他停下各拿了一張紙的雙手，認真看著我手指指著的地方，「沒問題。」

「我們負責的章節看起來範圍好像滿多的，但兩個人一起負責，其實綽綽有餘。」

「那等我比賽回來，我們再找個時間討論好了。」

「好啊！」我點點頭，「你來找我之前，我稍微把我們負責的部分做了大概的分類，你只要負責把這些資料消化一下就行了。」

「嗯，謝謝妳。」

「我們這組一共五個人嗎？」李梓易瞥了工作分配表一眼後，繼續他手邊的工作。

「是啊，除了你之外，我們都是同班同學。」

「這句話有排擠人的意思嗎？」

「當然沒有，」我笑著撇清，「只是有警告你得認眞做報告的意思。」

「喔？」他挑了挑眉，「很好，我感受到妳的威脅了。」

「那就好。」

「看來我必須在夾縫中求生存才行。」

我輕輕地點了點頭，沒有回應他什麼，只是，我的嘴角因爲他幽默的回話，不自覺地往上揚了。

接下來的幾分鐘裡，他專心地整理著參考文件，而我一邊認眞地吃著我的「招來好運紅豆湯」，一邊認眞祈禱剛剛差點被車子撞到的意外只是個偶然。又因爲不小心想到剛剛令人冷汗直冒的經過，順便祈禱了一下，希望這個叫做李梓易的人，提供家鄉消災解厄的祕方眞的有效。

「這個圖表應該是這份文獻裡的吧？」他首先打破了我們之間短暫的沉默。

我皺起眉，看一眼他手上的資料，尷尬地笑了笑，「我不太確定耶！應該是吧！」

「那就暫且放在這裡囉！」他將那張圖表放在其中一疊文件裡，接著又繼續分類。

「嗯。」我看著他，「對了，別忘了記下缺頁的部分，我明天再去圖書館補印。」

「謝謝。」

「不用謝啦！」我嘆了一口氣，「都是因爲我才弄成這樣，誰叫我這麼不小心，眞是笨死了。」

「不會笨啊！」他微微笑了，「我倒覺得還滿……」

「滿怎麼樣？」他話說到一半，我疑惑地問。

「沒什麼啦！」他瞄了我的紅豆湯一眼，「妳快吃吧！」

「嗯。」我也笑了笑，再喝一口紅豆湯，然後看著眼前認識還不到一小時的陌生人，正仔細又認眞地整理著我大意疏忽下的傑作。

6

「幹麼要請我啦！」

「只是一碗紅豆湯而已，又不是什麼山珍海味。」李梓易和我並肩走回我住處，說這句話時，轉頭看了身旁的我一眼。

「但是無功不受祿。」我看向前方，微弱的黃色路燈將我們的影子拉得很長。

「誰說的，妳幫我印了這些資料，功勞已經很大了。」

「才沒有呢！」我嘟了嘟嘴，「眞要說功勞的話，毓琪功勞更大，大家的資料都是她和我一起印的。」

「嗯哼。」他點點頭，「看來我也應該好好地謝謝她。」

「知道就好。」

「對了，妳是會計系三年級的？妳說的毓琪，就是林毓琪吧？」

「嗯！」我輕輕地應了一聲，不知怎麼搞的，他的問題突然讓我想起「大一嬌，大二俏，大三拉警報，大四沒人要」這段話。

「所以那個毓琪，還眞的是林毓琪喔？」他挑高了眉，語調也揚得高高的。

「對呀！就是林毓琪。」

「長長的頭髮，捲捲的？」他再次確認。

「你認識毓琪？」

他聳聳肩，「不算認識啦！只是我們隊上有一個同學曾經很認眞追求過她，所以我大概知道。」

我睜大眼睛，雖然毓琪身邊總是不乏追求者，我還是因爲這個巧合而感到驚訝，「眞的啊？」

「嗯，可惜被發了好人卡。」

「呵！是喔……」我看著李梓易裝出的惋惜表情，忍不住笑了出來。

「她眞的有男朋友了啊？」走到我住處的大門前，李梓易停下了腳步。

「咦？」走到他面前，我故意瞪著他，「想從我這兒探聽毓琪的消息啊？」

「隨妳怎麼想。」他無所謂地聳了聳肩。

「好啊！不過我跟你說，除非是毓琪親口告訴你，不然，你休想從我這裡得到任何消息喔。」我嘿嘿嘿地笑著，心裡因爲這種賣關子的作弄獲得了小小的快感，「還是說……」

「還是說怎樣？」他低下頭，看著我。

「還是說，那個被發卡的人其實就是你？」

「小姐，妳想像力會不會太豐富了一點？」

「是嗎？」我微瞇了眼。

「怎麼可能是我。」

「我才不相信。」我故意輕哼了一聲。

「信不信由妳。」

我點點頭，不知哪來的驕傲，「嗯，反正之後多的是機會，我再問毓琪就好啦！」

「不過，在妳問妳的好朋友之前……」他收回了笑容，換上一個超級認眞的表情，往前走了一步，和我靠得好近。

「幹麼？」我趕緊避開他的眼神，急急地想往後退一步，卻被他迅速地拉住手臂，

「你……你要幹麼？」

「妳覺得呢？」他挑了挑眉，賊賊地笑了。

「你……你……」該死的，程卉曦！妳在結巴什麼呀？

「同學，妳有沒有男朋友？」

「我……沒、沒有。」

他想幹麼？我皺起眉頭，發現和他靠得這麼近，我眞的很緊張。

「那……」他淺淺一笑，還微微低下頭。

「那怎樣？」

「沒怎樣呀！我只是想提醒妳，都大三了，應該稍微注意一下自己的形象，別像現在這樣，連紅豆渣黏在嘴角了都不知道。」他伸出手，輕輕幫我撥掉嘴角的紅豆渣。

「啊！」我難爲情地摸了摸自己的嘴角。

「奇怪，妳的臉怎樣紅成這樣？」他用很頑皮的表情看著我。

「啊！」我摸著發燙的臉，尷尬得連笑容都擠不出來。

「妳該不會以爲我要對妳幹麼吧？」

「臭美啦！」我極誇張地瞪了他一眼，頭也不回地打開大門，往裡面走去。

程卉曦，妳糗大了！

7

果然！我的臉眞的紅得像顆蘋果一樣！

夾帶著懊惱、尷尬、難爲情又困窘的心情，我回到住處，第一件事就是衝到衣櫃的鏡子前確認自己臉紅的程度。

我很容易因爲小事就臉紅，這回也不例外。

我嘆了一口氣，懊惱地走到床邊。爲了擺脫這討厭的情緒，我不管三七二十一地躺在舒服的床上，想藉由睡眠來忘記這一切。只是，當我閉上眼，近距離看著李梓易的畫面，又出現在我腦海中。

打叉、打叉、打叉！

這一切的過程，全部都該打個大叉叉。

程卉曦！那時妳到底在想什麼啊？就算那個李梓易愈來愈靠近妳，妳有需要緊張得像隻小綿羊一樣嗎？他問妳有沒有男朋友，妳又幹麼結結巴巴的啊？還有，他微微低下頭要幫妳撥開紅豆渣時，妳怎麼會蠢到以爲他要對妳幹麼？妳當下該不會眞的以爲自己在演偶像劇吧？就算他愈來愈靠近、愈來愈靠近，但你們才剛認識不到三個小時，他也不可能對妳……

唉唷！程卉曦，妳這個超級大笨蛋。

我睜開眼，傻傻地盯著天花板，突然間我竟有種錯覺，覺得天花板老舊的小裂痕看起來就像是一個大大的笑臉，好像在取笑我的無知一樣。

在懊惱與尷尬的情緒裡，我不自覺地重新把剛剛的畫面從頭到尾想了一遍，愈想，我的懊惱就愈來愈多，愈來愈趨近於爆炸的程度。

我坐起身，拿起放在一旁的手機，想撥一通電話給毓琪，又擔心打擾到毓琪的甜蜜約會而作罷。我看著手機，猶豫了一會兒，手指竟不自覺地按下了憲竣的電話號碼。

「喂？」電話那頭傳來的，是我一直最喜歡的聲音。

「憲竣，」我深吸一口氣，「你已經到家了吧？」

「對呀！回到家一個多小時了，剛洗好澡，怎麼了？」

「沒什麼啦！」我笑笑地說，不知道從什麼時候開始，憲竣的聲音總讓我感到安心，「我剛剛已經把資料拿給李梓易了。」

憲竣溫柔地說：「這麼有效率？毓琪知道的話，肯定會為妳鼓掌的。」

「呵呵！也沒有啦！本來只是想打個電話告訴他今天討論的東西，但他說他明天要去比賽，所以就說要先跟我拿。」

「嗯。」他也呵呵地笑了。

「不過剛剛超糗的……」開了個頭之後，我停頓了幾秒。明明一向都和憲竣侃侃而談的，現在竟突然不知道該怎麼聊起剛才的一切。

「喔？怎麼了？」

「沒什麼啦！我走出大門，要向他揮手打招呼的時候，突然颳起一陣風，我手上的資料散了一地。」我換了話題，原本想說的，是讓我臉紅又尷尬的那一段。

「哈哈！是喔！」電話裡，憲竣哈哈地笑了起來。

「林憲竣同學，你在笑什麼啦？好沒同情心喔！」

「我在笑這種相見歡的模式很有妳的風格啊。」

「什麼意思？」我納悶。

「就是程卉曦的風格啊！」

「程卉曦的風格……」過了一下子，我終於恍然大悟，「搞烏龍的風格喔？」

「也許是烏龍吧！不過，對我來說，是一種很可愛的風格。」

「可愛的風格？」我一樣納悶。

「有點糊塗，有點不小心，有點出人意料。」他哈哈地笑了兩聲。

「這聽起來不是讚美耶！好像是消遣。」

「消遣？」憲竣又哈哈地笑了，「眞的不是，我一直覺得妳很可愛啊。」

「眞的嗎？」能被自己喜歡的人這樣讚美，心裡不禁泛起甜甜的感覺。

「眞的，記得大一的時候，妳在班會上自我介紹，那時候我就覺得妳很可愛。」

憲竣的話，讓我回想起剛踏入校園時的第一次班會，當時我也不知道是怎麼了，明明心裡並沒有很緊張，但就是這麼好死不死地，把老師放在講桌上的杯子打翻，整個場面一度變得很混亂。

我皺了皺眉，「那次超窘的……」

「哈！但我看妳不慌不忙地問老師有沒有面紙，而老師急忙從手提包裡找出面紙時，我就覺得妳超猛的。」

「唉唷！」我嘆了一口氣，想起那個蠢樣，「當時沒想那麼多，把水打翻這種事情，本來就會很直覺地問旁邊的人有沒有面紙嘛！」

「所以我說妳眞的很猛。」

「丟臉死啦！」我輕輕地哼了聲。

「不會啦！」憲竣停頓了一下，「那時，我和毓琪都覺得妳很可愛。」

「是嗎？」我嘆一口氣，儘管憲竣的話對我來說總是很有說服力，但關於這件事，我卻無法說服自己。

「也許因爲我和毓琪都是屬於比較冷靜或是理智的人吧！」他呼了一口氣，「所以覺得程卉曦的風格很可愛。」

「憲竣……」聽著憲竣認眞地說這些話，我心跳不小心漏跳了一拍。

「對了，結果資料都撿齊了嗎？」

「沒有，不過李梓易已經整理好，也把缺頁的部分都記下來了，我明天還得去圖書館補印呢。」

「不然，明天下課後我陪妳去圖書館一趟。」

「不用啦，我還要順便在圖書館借些書回來看，我自己去就行了。」

「妳一個人沒問題嗎？」

「嗯，範圍不多，應該很快就能印好了。」

「毓琪如果知道妳這麼有效率，肯定會大大稱讚妳的。」

「毓琪還沒回家啊？」

「嗯，等會兒打個電話提醒她，免得我老媽又不高興了。」

「那你忙吧！我掛電話囉！」

「好的，晚安。」

「晚安！明天見！」我帶著甜甜的心情，結束了和憲竣的通話。

8

「哇塞！程小曦，妳進步了耶！」聽完我大致敘述一遍昨晚的經過，毓琪一臉曖昧地看著我。

「進步什麼？」我打了個呵欠，昨晚一直想著那一場烏龍以及後來丟臉的事，多少影響了我的睡眠。

「平常隔壁班那個誰邀妳，妳都二話不說直接回絕，結果一個剛認識不久的人提出邀約，妳竟然答應了！」毓琪用誇張的語調說著。她臉上那種曖昧到極點的笑容，讓我不禁聯想到每次媽媽問我有沒有男朋友時的表情。

「才不是呢！毓琪妳形容得太誇張了，這算什麼進步？」我皺著鼻子反駁。

「誰說這不是進步？至少可以在妳空白了幾年的感情生活裡，畫上一筆小小小小的紀錄，浪漫消夜耶！」

「什麼浪漫消夜啦！這根本不算。」

「哪裡不算？」毓琪可愛地吐了吐舌頭，「妳想想看，晚上將近十一點的時間，孤男寡女一起在店裡吃紅豆湯，如果妳是路人，妳會怎麼猜想他們的關係？」

我仔細想了一下毓琪的問題，雖然我的答案和毓琪猜想的差不多，但我還是很故意、很口是心非地胡亂回答，「就普通朋友。」

「最好是啦！」毓琪揮了揮手，還故意哼了一聲，「嘿嘿！我知道妳想的答案就是我說的答案。」

我瞪了毓琪一眼，「反正任何情況總有例外嘛……」

「嗯哼。」毓琪點點頭，表情看起來卻不太認同。

「要不是爲了整理一下弄亂的資料，順便喝碗紅豆湯消災解厄，我……」

毓琪打斷我的話，「妳才不會去，對不對？」

我點點頭，「對呀！所以這不算是眞正的消夜。」

「唉唷！李梓易長得這麼帥，就算是他誠懇地邀請妳吃頓消夜，答應他也不會少一塊肉啊！」

「林毓琪同學！」我睜大了眼睛，看著毓琪，「小心我把這段話錄音存證，拿去給你最親愛的麥可聽唷！」

「『窈窕淑女，君子好逑』，誰說就不能是『帥氣男孩，淑女好逑』？」毓琪挑了挑眉。

「不跟妳爭辯了啦。」我皺皺鼻子。

「本來就有道理啊！」

我點點頭，「好啦！我要去圖書館補印那些資料囉！」

「嗯，」毓琪也跟著我站起身，「那我不陪妳去囉！等一下還有瑜珈課要上。」

「OK！」我拿了包包，準備走出教室時，突然發現其中的不對勁，「不對呀，林毓琪同學！」

「啊？」

「妳不是說妳不認識李梓易嗎？」

「對呀！」毓琪眼睛骨碌碌地轉呀轉，然後嘻嘻嘻地笑著。

「那妳怎麼知道他長得是圓是扁，剛剛還說……他長得很帥？」我瞇起了眼睛睛，誇張地裝出質疑的表情。

「唉呀！小曦妳快去圖書館啦！等一下……」毓琪推著我。

「嗯？」我仍然盯著毓琪，語調揚得高高的。

「小曦……」毓琪雙手合十，很撒嬌地求我不要再問。

「我可不是麥可唷！撒嬌這套對我沒用，說實話。」

「好啦！」毓琪抿抿嘴，「記不記得之前追我那個叫做柏志的游泳隊選手？」

「嗯？」我想了想，「記得。」

「李梓易和他都是游泳校隊的。」

「原來他說追妳的同學就是柏志喔……」

「對呀！」毓琪點點頭。

我回想了一下他的樣子，再想了想柏志的外型，「他們兩個人都是游泳校隊的，身材怎麼差那麼多？」

「哪有啊！是柏志練身體練得太過頭了好不好？李梓易長得這麼帥，身高又高，雖然不是柏志那種勇壯的身材，但也是很有肌肉線條的。」

我挑高了眉，「妳觀察得眞入微。」

「當然囉！」毓琪一臉得意，很快又接著說：「不過，就算不是因爲柏志的關係，我也知道李梓易長得很帥。」

「喔？」

「學校的帥哥型男怎麼可能逃得出我的法眼。」

「也對。」我噗哧地笑了出來。

「而且，誰不知道我們游泳校隊鼎鼎大名的李梓易？」

「他這麼有名啊？」

「對呀！個人組、團體組的金牌對他來說都是家常便飯，有實力，外表又迷人。」毓琪笑著說。

「嗯……」看毓琪愈講愈開心，我開始懷疑自己昨晚到底是怎麼了，對於他的帥臉竟然沒留下什麼特別的印象。

「當初我還有一個小小的邪惡念頭，常常想，爲什麼追我的人是柏志不是李梓易。」

「眞的假的？」我睜大了眼睛。

「開玩笑的啦！」毓琪噗哧地笑了出來，「不過他眞的滿有魅力就是了。」

「會嗎？」我吐了吐舌頭，反駁毓琪。

「妳不妨考慮考慮，」毓琪笑著挑了挑眉，「而且妳想想看，妳都已經大三，不久就要畢業了，再不好好談一場戀愛，將來難道不會後悔或覺得可惜嗎？」

「我也想在畢業前談一場戀愛呀！」我緩緩地吐了一大口氣，在毓琪面前說出了心裡的話。

「那就試試看嘛！李梓易條件這麼好，這麼……」

「毓琪！再怎麼考慮，也不會考慮到他身上啦！」我再次反駁。說這句話時，我突然想到憲竣的臉。

「不要總是拒人於千里之外，要爲了自己的愛情努力。」

「我沒有不爲自己的愛情努力呀！」看著熱心的毓琪，因爲不知道該從何說起，於是我給了她一個笑容。

「小曦，妳老實說，妳是不是還喜歡憲竣？」

「嗯？」毓琪突如其來的問題，其實有點嚇到我。

「對吧？」

「……」毓琪的眼神突然認真起來，我竟不知道該怎麼回答。

「雖然憲竣是我哥哥，但妳也是我的好朋友，所以我想告訴妳，如果還是喜歡憲竣，就勇敢和他喜歡的薇婷競爭啊！現在什麼年代了，千萬不要只是默默陪在喜歡的男孩身邊，等到他和別的女孩修成正果，妳才在一旁傷心流眼淚。」毓琪很認真地說。

「可是薇婷在憲竣的心裡……」

「那又怎樣？」毓琪沒等我說完，直接反問我。

「我不知道，」我嘆了一口氣，「對於現在的我來說，能和憲竣這樣相處，我已經很滿足了，也許是我不夠勇敢，沒有勇氣去面對情感被憲竣察覺後的結果吧。」

「但是再繼續這樣下去，有一天，要是薇婷重新接受了憲竣，兩個人牽著手一起參加我們的聚會，這樣妳也無所謂嗎？」

我吸了一口氣，然後又緩緩地吐出來。毓琪的話就像一根針，刺進了我心裡。

其實，毓琪說的我不是沒想過，但我就是缺少了面對的勇氣。

我不是擔心向憲竣告白之後被他拒絕，而是擔心他拒絕我之後，我會不會因此失去這段友情。

「小曦……」毓琪皺了皺眉。

「嗯？」

「跟妳講這些，妳不要不高興喔！」

我苦笑了一下，「不會啦。」

「撇開他是我哥哥不講，我希望能夠客觀地給妳意見，我只是覺得，與其這樣默默付出，倒不如勇敢一點，讓他知道，不然傷心難過的一定是自己。」

「我懂……」

「以我的立場而言，妳和憲竣在一起，我當然最開心不過了，不過我很了解憲竣的個性，他只要喜歡上一個人，就會喜歡很久很久，不然他也不可能從高三和薇婷分手之後，到現在還死心蹋地想挽回薇婷，唉！我想妳也應該很清楚。」

我輕輕點了點頭。

「所以，我希望妳不要再盲目地繼續……」斟酌了一下用詞，最後毓琪才緩緩開口，「等待或是默默爲憲竣付出了。」

「妳說的，我一定會好好想一想。」

「一定喔！」毓琪指著我，認眞地看我。

「一定。」我也學了毓琪的動作，和她相視而笑。

9

對憲竣的情感，我原本打算放在心裡，永遠當成祕密，從來沒想過要告訴任何人。但是觀察力敏銳的毓琪，還是發覺了我對憲竣的心意。

「小曦，妳喜歡憲竣對不對？」

大二那年暑假，毓琪環島自助旅行到南部時，在我家借住的那個晚上，她突然劈頭這樣問我，我整整愣了好幾分鐘。

不過，幸好毓琪答應我不會告訴憲竣，我才安心了不少。

走到圖書館的路上，其實我一直想著毓琪說的，那句「要爲自己的愛情努力」。她給我的建議，我知道都是爲了我著想，我也知道她不希望我付出太多最後受了傷，但……我真的會有這樣的勇氣嗎？

走到圖書館門口，從包包裡拿出手機，想將手機鈴聲調整爲靜音時，正巧看見螢幕上顯示的未接電話。

按下檢視的選單，我納悶地看了一下這組有點陌生又好像有點熟悉的號碼，最後按下通話鍵。

「喂？」

「嗨，我是李梓易。」

「喔，怎麼了？」

「沒事啦！想問問看資料印好了沒有。」

「喔，還沒，我正要進去圖書館。」我停頓了幾秒，「你這麼關心資料印好了沒有幹麼？你不是明天才回來嗎？」

「是啊！但是基於我們的革命情感，總是要表達一下關心嘛。」

「我們什麼時候有革命情感了？」我沒好氣地反問他，「李梓易，我們才認識不到二十四小時耶！」

「誰說培養革命情感需要十年八年的時間啊？」電話那頭，他哈哈地笑了笑，「我們昨天這麼辛苦撿回資料，這麼認眞地喝紅豆湯避邪，之後還要同一組一起完成報告，這已經是很難得的革命情感了。」

「最好是。」我輕哼了一聲。

「好啦！教練在叫我了，資料的事情再麻煩妳，謝謝了。」

「喔！」對於他突然的客套，我竟然不知道該怎麼回應，停頓了幾秒，「等一下就要比賽了吧？」

「嗯啊！要幫我加油嗎？」

「加油。」我敷衍了一下。

「幫人加油的人這麼沒精神沒力氣，我從來沒見過耶！」

「你要求很多耶！哪有人……」他的話說到一半，我隱約聽到電話那頭有人喊他名字的聲音，「我眞的要先掛電話囉！」

「好，拜拜，加油喔！」

「這樣的加油才有精神嘛……拜拜。」

「拜拜。」我掛上電話，看到圖書館的玻璃門上映照出帶著淡淡微笑的我。

10

印好資料後，又另外找了幾本小說。我從圖書館離開時，已經是夕陽悄悄落下的時間了。順便買了晚餐回到住處時，是晚上七點多，天色整個都暗了下來。

和往常一樣，在我的小套房裡，我邊吃著晚餐，邊看著電視上某個綜藝節目的重播，邊吃邊笑、邊笑邊吃。

只是，當我晚餐吃完，電視也看完了，一個人靜下來時，我又想起毓琪今天在學校對我說的話。

心裡突然有一種淡淡的，難以形容的感覺，梗在我的心頭，有點難受。

我當然知道毓琪是為了我好，換成是我，我也許同樣會這樣勸身邊的朋友。只是，不管要努力和薇婷競爭憲竣，或是勇敢地將自己的心情告訴憲竣，對我來說，都是一件很爲難也很困難的事。

如果我有這樣的勇氣，就不需要毓琪來勸我要勇敢了。

我嘆了一口氣，將電視轉到播放流行音樂的頻道，正好播出的某個女歌手當紅的情歌MV，我又想起了憲竣，於是習慣性地拿起手機，打算撥電話給他。

只是這一次，我不太乾脆地將手機握在手上，猶豫了好幾分鐘。我原本打算按下通話鍵，因爲想起毓琪的話而放下手機，決定作罷。

沒想到，手機卻在這個時候響了起來。

憲竣！

「喂？」猶豫了幾秒之後，我按了接聽。

「小曦，吃飽了嗎？」

「嗯，吃飽了。」聽見憲竣溫柔的聲音，我的心裡有一陣甜甜的暖流流過，「你呢？你吃飽了嗎？」

「剛吃飽。對了，今天去圖書館把資料都印好了吧？」

「都印好了，明天就可以拿給李梓易了，怎麼了？」

「沒啊！我們也剛吃飽飯，坐在電視前，就突然想打電話和妳聊聊天。」

「哼！所以我是排遣無聊的工具就是了。」

「哈！我可沒這個意思，只是……」

「只是什麼？」

「只是和毓琪一樣，很習慣找妳聊天，也很習慣和妳分享很多事。」

「嗯……」明明是講電話，我還是笨笨地點了點頭。

「怎麼了？怎麼不說話？」

「沒什麼啦！只是聽見你說的話，突然很感動而已。」我吸了一口氣，發現鼻子好像酸酸的。

「感動？」電話裡，憲竣笑了笑，應該是和平常一樣溫柔的表情，「小曦今天很多愁善感喔！」

我輕輕地吸了吸鼻子，故作輕鬆地開了個玩笑，「你不知道啊？人家我本來就很感性好不好！」

「是是是！」憲竣哈哈地笑了兩聲。

「喂！林憲竣，你很沒禮貌耶！」我假裝生氣。

「好，我最好的好朋友兼好哥兒們程卉曦，是全世界最感性的女孩了。」他又哈哈地笑了。

「這還差不多。」我被憲竣逗笑，突然覺得我真的很喜歡和憲竣這樣的互動。

「而且小曦還是個很棒的女孩。」

我又噗哧地笑了出來，「今天憲竣佛心來著？講話這麼甜喔！」

「我是發自內心的。對了，我很想問問小曦……」

「啊？」聽著電話那頭憲竣認真起來的語氣，「什麼事？」

「毓琪死都不給我意見，要我自己想辦法。」

「喔？」

「那天我到市區去，想幫薇婷買個生日禮物，逛了很久，決定送她一條項鍊，可是一直拿不定主意。」

我深深地吸了一口氣，原本開心的情緒一下子跌進谷底。

「小曦？」

「我還在啦！」我放大了音量，好像一定要這樣，才能確認自己的堅強，「所以，你要問我的意見囉？」

「對呀！不只是問妳意見而已，如果可以，想請妳明天陪我到市區一趟，明天晚上妳有空嗎？」

我猶豫了幾秒，「有是有……」

「那妳能陪我去市區嗎？」

「可是……」

「可是什麼？如果很勉強，那……」

「不會啦！」我打斷了憲竣的話，偷偷地在電話這頭嘆了一口氣，「我的好朋友有事相求，再怎麼沒空也得撥出時間來。」

「太棒了，小曦，謝謝妳。」

「……」這一刻，我不知道該如何回應憲竣。

「小曦？」

「喔！不客氣啦！」

「小曦顧著看電視喔！講電話不專心。」

「才不是呢！」我吸了吸發酸的鼻子，隨意謅了個謊言，「收訊好像不太好。」

「是這樣啊！那明天妳不要騎車，我去接妳上課，下午下課後就直接出發，這樣晚上我也可以直接送妳回去，妳覺得呢？」

「嗯。」

「好，就這麼說定囉！」

11

這是第一次，我這麼想趕快結束和憲竣的通話。

我躺在床上，想著剛剛和憲竣的對話，忍不住替自己感到憂傷及悲哀。

眼眶微微地泛起淚水的同時，毓琪說的話又在我腦中打轉。

程卉曦，憲竣只不過想請妳和他一起去挑選禮物，妳就能難過成這樣，那麼如果有一天，像毓琪說的，憲竣帶著薇婷來參加我們聚會的場面成眞，那個時候，妳還能夠在憲竣，甚至是大家面前裝得若無其事，繼續假裝開心，平靜地和大家一起談笑嗎？

想著，眼眶裡打滾的淚水終於不爭氣地往下掉，諷刺地告訴著我，其實我並沒有自己想像的這麼勇敢，並沒有像自己以爲的這麼堅強，但是，現在的我又能怎麼做呢？

喜歡一個人的感情，不是說收回就可以立刻收回的。

拉了拉被子，我整個人躲進溫暖的被窩裡。當我在被子裡哭得愈來愈難過的時候，熱鬧又雀躍的手機鈴聲正巧響了起來，打斷了我的悲傷。

原本決定不理會，但手機鈴聲不識相地響起了兩次，最後還傳出簡訊提示聲。擔心來電者有什麼重要的事，我於是不情願地拉開棉被，胡亂地抓了手機，按下檢視訊息的功能鍵。

「陳慧心，沒什麼事啦！抱歉剛剛打了兩通電話給妳，希望沒有打擾到妳，純粹只是想關心一下，問妳今天去圖書館有沒有收穫而已。」

儘管視線因爲淚水的關係變得模糊，我還是簡短地回覆了李梓易的訊息，告訴他我已經把缺頁的部分印好，請他不用擔心，順便向他說明，我姓「程」不姓「陳」，而且我叫「程卉曦」。

確認訊息傳送成功，我正想將手機關機時，握在手中的手機突然隨著響起的鈴聲震動了起來。

猶豫了一下，因爲擔心直接關機給人感覺太沒禮貌，於是我吸了一大口氣，決定接聽電話。

「喂？」

「喂……」我吸了吸鼻子，希望對方不會發現我聲音怪怪的。

「抱歉，我以爲妳的名字是……」他的聲音，聽起來好像眞的覺得很不好意思。

「沒關係，所以你是特地打電話來道歉的嗎？」

「是啊！眞的很不好意思，」他笑起來，「順便告訴妳，因爲有妳的加油，今天我的比賽成績又破了新紀錄。」

「是喔？恭喜你了。」我盡可能讓自己的語氣聽起來愉悅，但似乎沒有成功。

「明天晚上方便向妳拿影印的資料嗎？」

「好啊。」

「那我明晚直接去妳住的地方，再撥電話給妳。」

「好。」我嚥了嚥口水，「那……還有其他的事情嗎？」

「喔！沒事了。」

「那我掛電話了。」

「好，拜拜，明天見。」

「對了，明天晚上我……」

「程卉曦？」他打斷了我的話。

「嗯？」

「妳的鼻音好重。」

「有嗎？」

「妳是不是心情不好啊？」

他的話一針見血地說中了我的心情，但我決定裝傻到底，「沒有啊！」

「是嗎？還是身體不舒服？妳鼻音重得很誇張耶，是不是心情不好啊？如果是，那我……」

「李梓易！」這次換我打斷了他的話。

「嗯？」

「我想掛電話了。」

「喔！」他很識相地沒有追問下去，「如果有心事，我很願意當妳的聽眾。」

「謝謝你，我掛電話了。」我慢慢地說著，「拜。」

「拜！」

12

「小曦，謝謝妳替我選了這麼漂亮的項鍊。」憲竣喝了一口紅茶，笑著說。

「不客氣，幫哥兒們挑個禮物只是小 case。」我也喝了一口水果茶，看著憲竣因為笑而瞇起眼角，我知道他真的認為這是很棒的禮物。

「希望薇婷會接受。」

「嗯，一定會的，」我也笑笑的，但其實我心裡有那麼一點點酸，「不過，我只負責給建議，沒辦法保證薇婷會喜歡喔。」

「那當然啊！妳願意陪我來挑選，我已經很開心了，所以這頓飯就由我來請客。」

「眞的？」我挑高了眉，看著眼前我喜歡了好久的男孩，他此刻正因爲另一個女孩而開心著。

「耽誤了妳兩個多小時，爲了謝謝妳，請妳吃這頓飯根本不算什麼。」

「謝謝你，那我就安心地接受囉！」這時，服務生分別將我和憲竣的餐點送上來，我們於是停止了這個話題。

「好吃嗎？」我吃了一口咖哩飯之後，憲竣很期待地問我。

「嗯，超棒的。」我馬上再吃了一口，「眞的好好吃。」

「眞的喔！」憲竣滿意地點了點頭，似乎把我當成了美食評論專家，「我和毓琪都很喜歡這家店。」

「喂！可惡，你們兩個很不夠意思耶！有這麼棒的店，竟然現在才讓我知道。」

憲竣哈哈地笑了笑，「我們也是上個月和我老爸老媽出門吃飯時才知道的。」

「是嗎？」我瞇起眼睛。

「報告程小曦，是的。」

「好吧！其情可憫，本官不與你計較。」我故意做出古裝電視劇裡的人物拉拉鬍子的動作。

「哈哈！妳眞的很搞笑耶！」憲竣冷不防地又敲了我的額頭一記。

「哪有啊！」我揮了揮手。

「對了，小曦……」憲竣突然認眞地看著我。

「嗯？」

「想問妳一個問題，不過……」憲竣突然停頓了幾秒，看起來好像在猶豫什麼。

「什麼問題？」

「不過妳可以選擇要不要回答。」

「好的。」我的第六感告訴我，憲竣接下來要問的問題，應該不會是我想聽的。

「妳覺得阿牧怎麼樣？」

「什麼怎麼樣？」我瞪大眼睛，差點被水果茶嗆到，還咳了幾聲。

「妳還好吧？」憲竣擔心地問我。

我又再咳了咳，「還好……你想問什麼？」

「小曦，我想問妳，妳有喜歡的人嗎？」

「啊？」我不知道該怎麼回答，只好故意咳了兩聲，「怎麼突然問我這個？」

「妳有喜歡的人嗎？」憲竣微皺了皺眉。

「沒……有。」看著憲竣深邃認眞的眼神，我的心悄悄地揪了一下。

「是沒有還是有？」

「祕密。」我假裝哈哈地笑了笑，想把此刻的窘境用玩笑話帶過，「怎麼突然問我這個啊？」

「沒什麼啦！」憲竣露出和煦的微笑，「因爲我覺得阿牧是個很棒的人，也許妳可以考慮一下，妳知道阿牧……」

我暗暗告訴自己，絕對不能在憲竣面前破了功，於是我擠出笑容，「可是我現在眞的還不考慮談戀愛。」

「可是……」

「憲竣！現在別講這些好嗎？我目前眞的一點也沒有要戀愛的打算，現在我最想的……」我指指眼前的咖哩飯。

「就是把咖哩飯吃掉，對不對？」憲竣接過我的話，又敲一下我的頭，笑了笑。

「沒錯！」

「那快吃吧！」他拿起筷子，夾了一塊雞腿肉放在我的盤子裡，「這雞腿也很嫩，妳試試看。」

「謝謝。」我咬了一口憲竣夾給我的雞腿肉，很滿意地點點頭，然後笑著告訴憲竣，「這家店的餐點眞的很好吃。」

我臉上雖然帶著微笑的表情，其實我心裡，就連一點點的笑意都沒有。

13

「到了。」機車停在我的住處樓下，「小曦？」

「喔……」我回過神來，下了車，將安全帽遞給憲竣。

「怎麼啦？一路上都不說話。」

「沒有啊！只是有點睏而已。」

「不是因為我剛剛問了和阿牧有關的問題吧？」

「喔。」我尷尬地笑了笑，沒想到還是被憲竣猜出來了，但我決定否認，「當然不是，不過，以後不准再亂點鴛鴦譜了！」

「好。」憲竣微微地笑著，「除非哪一天程小曦同學求我幫她介紹好男人。」

我故意重重地哼了一聲，「最好是有這麼一天！對了，謝謝你送我回來。」

「是我該謝謝妳才對，花了這麼多時間陪我挑禮物。」

「哈！現在就期待女主角會喜歡囉！」我抿了抿嘴，「你打算什麼時候送給她？」

「後天是她生日，也許我明天晚上會拿給她。」

「為什麼不約在生日那天？」

「我想，她應該不會想把生日這種特別又珍貴的日子，特地空下來給一個她還不願意原諒的人吧！」

「憲竣……」

「更何況，說不定她已經有男朋友了。一個有男朋友的人，生日一定是跟男朋友一起度過的。」

「那爲什麼不先問問她，看她是不是有男朋友了呢？」我皺著眉，看著眼裡好像閃過一絲悲傷的憲竣，「爲什麼你要讓自己這麼辛苦？」

「她有沒有男朋友，對我來說根本不重要。」

「什麼意思？」

「不管她現在是不是有男朋友，我都不會輕易放棄她，對她的感情也不會改變。」

我吞了一口口水，然後一個字一個字問他，「因爲不管她怎麼樣，現在你都還是會願意在心裡留一個位置給她嗎？」

「目前是的。」他苦澀地笑了，和平常那種開朗的笑容截然不同，一點也不帥氣、不陽光，但很堅定。

那是對另一個女孩的堅定。

「可是這樣，受傷的很有可能會是你。」

「也許吧！但是我不在乎。」他沉沉地嘆了一口氣，「妳遇到一個喜歡的人之後，這種在乎一個人的心情，我想妳就會……」

「誰說現在我不懂！我……」

「嗯？」

我呼了一大口氣，暗自責怪自己突然的激動，還笨到差點就把自己的情感說出口，「沒什麼啦！」

「小曦？」憲竣挑高眉毛，顯然也察覺我莫名其妙止住話的奇怪舉動。

我緊緊握住拳頭，告訴自己千萬別被高昂的情緒沖昏了理智，千萬要忍住，「人家我也是談過戀愛的，所以怎麼可能不懂。」

「抱歉啦，我不是這個意思。」憲竣原本驚訝地看著我，此時略感歉意地笑著說。

「我知道。」我吐了一口氣，「好啦！就先這樣吧！我上樓去了，你等會兒騎車要注意安全喔。」

「我會的，老規矩，等妳的燈亮。」

「不用啦！我還想到便利商店買點東西，你先回去吧！」

「我陪妳啊。」原本準備戴上安全帽的憲竣，又將安全帽掛回後照鏡上。

「憲竣！眞的不用啦。」我輕輕地抓住他的手臂，「眞的。」

「眞的嗎？」

「嗯，現在也不早了，別忘了你還得花一點時間寫張感人肺腑的卡片耶。」

他溫柔地笑了，「那我離開囉？」

「好，拜拜！」

「拜拜！」

我揮了揮手，看著憲竣發動機車，慢慢往街口騎去。我灰灰的心情不但沒有因爲憲竣的離開而消失，反而還愈來愈灰了。

14

帶著灰色的心情，我從包包找出住處鑰匙，走到大門前，正準備將磁卡放在感應器前，有人叫了我的名字。

「咦？你怎麼在這裡？」轉身，我看著靠在牆邊的李梓易，然後拍了拍胸口，「想嚇死人啊？」

「我在這裡很久了。」他無奈地看著我，走到我面前。

「是喔……」我問他，「所以，你是來找我的？」

「不然呢？」他聳聳肩，「昨天不是在電話裡跟妳說過，今天要來找妳拿資料。」

我抓了抓頭，想起昨天晚上心情不好的時候，胡亂答應了李梓易的事，「喔！對……抱歉，我忘了。」

「沒關係。」

「你等很久了嗎？」

「還好，十分鐘吧。」他笑了笑。

「影印的資料放在樓上，我先上去拿，你等我一下。」

「嗯，對了！」他晃了晃手上的塑膠袋，「剛剛來的時候，突然很想喝街口的紅豆湯，所以順便買了一碗給妳，讓妳帶上去吧。」

「喔……」我瞄了李梓易手中的紅豆湯，看他準備從塑膠袋裡取出紅豆湯的舉動，我想到因爲我的疏忽而讓他等這麼久，實在很不好意思，「李梓易……」

「嗯？」

「不然，你跟我一起上去拿資料好了，順便把紅豆湯吃一吃再回去。」

「妳不介意？」他挑了挑眉。

「還好啦，吃個紅豆湯而已，不過……」我瞇起眼睛，抬起頭看他，「我的房間很亂喔！可別說出去害我丟臉。」

他哈哈地大笑兩聲，「這當然沒問題。」

「走吧！」

15

「綜合口味的紅豆湯，還幫我加了湯圓……謝謝你。」我舀起紅豆湯，吃了一口。

「不客氣。」

「也謝謝你，竟然記得吩咐老闆不要加蜜花豆。」李梓易和我隔著和室桌對坐著，他也正舀起一口紅豆湯喝下，「這次又讓你破費了，下次換我請客。」

「哈！只是正好記得，而且這只是小東西，不必請來請去的。」

「不行，下次換我請，我堅持。」

大概是看見我認眞的表情，他聳了聳肩，「好吧！下次再說，其實我只是想表達對妳的謝意而已。」

「什麼謝意？」

「幫我補印這些資料。」

「其實這也不算幫你，」我想起那天晚上的大烏龍，然後吐了吐舌頭，「是我自己搞砸了啦！誰叫我這麼不小心，還害得你花時間帶我去吃趨吉避凶招來好運紅豆湯。」

「趨吉避凶……招來好運紅豆湯？」他哈哈地捧腹大笑，笑得連我都覺得莫名其妙了。

「幹麼笑成這樣？」我皺起眉，疑惑地看著他。

笑聲才剛停歇，沒想到他又哈哈地笑了起來，「沒有啦！只是沒想到，妳竟然給一個普通的紅豆湯冠了又長又響亮的封號。」

「喂，這是你家鄉的傳說祕方耶！竟然說是普通的紅豆湯？」

他拍拍額頭，又奇怪地笑了出來，「對喔！我差點忘了……」

「忘了什麼？」

「沒啦！快吃吧！」他很努力地止住了笑，指著我的紅豆湯。

「喔。」雖然覺得莫名其妙，但我也說不出哪裡奇怪，於是舀起一匙湯圓，吃了一大口，還是覺得哪裡怪怪的，「李梓易，你到底在笑什麼？眞的很奇怪耶！」

「沒有什麼啦！快吃。」

「對了！補印的資料在這裡。」我拿起放在一旁的資料，「等一下別忘了拿。」

「嗯，謝謝。」

「李梓易，你剛剛明明等很久了對不對？」

「嗯？」

「你看這湯圓都有點糊了，所以很明顯啊，你一定等了很久。」爲了證明給他看，我舀起沉在碗底下的湯圓。

「哇塞！原來妳是傳說中的福爾摩『曦』。」

我噗哧地笑出來，「我沒那麼厲害，但也沒笨到會相信你說只等了十分鐘的話。」

「那我還眞的不該亂騙妳。」

「知道就好。」我驕傲地點點頭，「你到底等了多久？」

「我大約七點左右到的。」

我瞥了一眼牆上的時鐘，「七點？現在九點半……天啊！你等了兩個小時？」

李梓易沒有說話，只是聳聳肩，繼續低頭吃了一口紅豆湯。

「李梓易，你大可打電話給我啊！」

「最好我會笨到不知道該打手機給妳。」

「嗯？」

「我打了三四通，還傳了一則簡訊，妳都沒回啊！」

「啊！」我從包包裡拿出手機，看了一下未接來電，給了他一個抱歉的笑，「對不起，我調成靜音了。下課後直接陪憲竣去挑禮物，忘了調回來，害你等了這麼久。」

「沒關係，反正我正好沒事，邊玩手機邊等妳，感覺沒過多久妳就回來了。」

「眞的很抱歉，下次換我請你吃紅豆湯。」

「好。」

「那……我回來的時候，你就已經在樓下等我了？」

「嗯。」他點了點頭。

「那我怎麼沒看到你？」

「因爲我稍微……迴避了一下。」說到「迴避」兩個字，他還稍微加重了語氣。

「幹麼迴避？」我不解。

「遠遠看到的時候，我以爲是妳男朋友載妳回來，如果我還提著紅豆湯在那裡等妳，未免也太不識相了一點。」

「他不是我男朋友，是我的……哥兒們。」我停頓了幾秒，剛剛的灰色情緒又突然襲了上來。

「嗯哼。」

「啊，你剛剛就應該要叫我們才對。」

「怎麼說？」

「送我回來的人也和我們同一組啊！這樣你們就可以先認識一下啦。」我笑了笑。

「嗯哼。」

「對了，他是毓琪的雙胞胎哥哥，他叫……」

「哈！我知道，叫林憲竣對吧？」

「你怎麼知道？」

「網球打得滿好的，而且我記得他是你們系上的系會長。」

「有做功課喔！」我瞇起眼，賊賊地看著他，「該不會是因爲你想追毓琪，連毓琪家祖宗八代都調查清楚了吧？」

他將手肘拄在和室桌上，臉故意湊近我，挑挑眉，「程卉曦同學，老梗。」

「哼！」我皺了皺鼻頭，不服輸地反問，「是老梗還是被破了梗？」

「想太多了，如果我眞的對毓琪有興趣的話，我之前就不可能幫柏志追她了。」

「是這樣嗎？」

「當然，我可以對著趨吉避凶招來好運紅豆湯發誓。」

「幹麼發誓啊！我跟你非親非故的，也不是你女朋友。」

「說不定未來是喔！」

「臭美啦！」我揮出拳頭想嚇嚇他，沒想到他反應很快地立刻抓住我的拳頭。

「想偷襲我喔？」

「哼！」

「好啦！」他看了時鐘一眼，接著端起紅豆湯，一口把剩下的紅豆湯喝完，「時間晚了，我差不多該回去了。」

我跟著他一起站起身，「湯碗放著吧！我來丟就可以了。」

「那就麻煩妳了，謝謝。」說完，他便朝門口走去，接著打開門，往門外踏出了一步，「走了，拜拜。」

「拜拜，謝謝你的紅豆湯。」

他轉過身，帶著淡淡的微笑看我，「不客氣，晚安。」

在那個當下，我發現他笑起來時，和憲竣一樣，眼角會微微地瞇起，也在這個時候，我發現毓琪說得一點也沒錯。

他確實是一個外表很好看的男孩。

16

李梓易離開後，我又坐回和室桌前，打開電視，繼續努力地想吃完紅豆湯。雖然我眼睛盯著電視，卻沒有將連續劇的劇情吸收進去，又因爲一個人靜下來的關係，不自覺想起今晚和憲竣相處時談到的話，整個思緒與心情變得好沉重。

也許眞的該考慮放棄憲竣了吧！

我嘆了一口氣，這是第一次發覺到自己的天眞是這麼可笑。明明從很早以前，我就知道憲竣喜歡薇婷喜歡得很多、很深，也知道憲竣目前唯一的目標就是重新追回薇婷，但我始終自以爲是地認爲自己可以什麼也不管、什麼也不在乎，這樣一直默默地在憲竣身邊喜歡著他就好。這一切說穿了，也只不過是自欺欺人而已。如果我眞能灑脫，眞能什麼也不在乎，又怎麼一聽到與薇婷有關的話題時，心就像被針刺了般地痛呢？

憲竣在談論薇婷時，眼裡總有著一種堅定，還有那種不管再怎麼辛苦，也會在心裡爲她保留一個位置的堅決。當憲竣堅決的表情佔據了我腦海的同時，我才發覺原來自己眞的一點也不灑脫，還自以爲勇敢、自以爲可以泰然面對這一切，甚至天眞地告訴毓琪，說我可以這樣默默陪在憲竣身邊。

原來，在我自以爲可以不求回報的同時，潛意識裡還是偷偷期待：林憲竣和程卉曦之間的情感能有機會轉變。

原來，在我默默付出的時候，我心裡依然偷偷地期待憲竣會因此受感動。

原來，比起憲竣對薇婷的喜歡，我對憲竣的感情根本就微不足道。

放下原本舀起了紅豆湯的湯匙，盯著電視看的我，突然被這複雜又龐大的混亂情緒影響，視線被淚水漸漸模糊了。

就這樣哭了好久，用掉了將近半包面紙，等情緒緩和一些之後，我突然有股衝動，想和毓琪聊聊這樣的感受。我拿起手機，想撥電話給毓琪時，竟發現手機顯示了一則未閱讀的新簡訊。

李梓易？

「我想說的是，我的家鄉還有另外一個傳說，紅豆湯不是只有趨吉避凶招來好運的功用，心情不好時，喝碗紅豆湯，會讓心情變得很陽光。所以，妳現在心情有沒有比較好？」

簡訊的文字從清楚到模糊，因爲我的視線再次被淚水模糊了。我握著手機發愣，最後不知爲什麼，竟衝動地按下了撥號鍵。

「妳看到簡訊囉？我家鄉的紅豆湯妙用多多吧？」

「嗯。」

「紅豆湯喝完了嗎？」

「還……還沒。」

「那怎麼不快吃完？等一下湯圓要整個糊掉了。」

「嗯。」

「所以，心情好一點了嗎？」

聽見他溫柔的聲音，突然有一股莫名的情緒襲上心頭，「李梓易，你會不會太自以爲是了？」

「嗯？」

「是誰告訴你我心情不好的？你眞的是一個……一個……」話還沒說完，我的淚水就控制不住地往下掉，我哽咽到說不完整句話。

「程卉曦？」電話裡，他溫柔的聲音停頓了幾秒，「妳在哭嗎？」

「我……誰准你多管閒事了。」

說完，我直接掛斷電話，因爲眼眶裡的淚水像潰堤般不停往下掉。

17

和李梓易隔著一扇門僵持了五分鐘，實在拗不過他的堅持，最後我只好稍微整理了儀容，把眼淚擦乾，摘掉隱形眼鏡，戴上眼鏡，並且確定自己不會像個瘋婆子之後，我才緩緩地開了門，讓他再次進到我房裡。

「看來紅豆湯失效了。」他抿抿嘴，然後坐在剛剛的位置上。

「你到底要幹麼？」我原本打算坐下，可是不想讓他看見我哭腫了的眼睛，於是開始隨意收拾著桌上的東西。

「我在門外的時候已經說了，我住處的鑰匙忘在這裡。」

「鑰匙？」我狐疑地看了他一眼，又趕緊迴避他的注視。

「這串。」他指了指和室桌上的鑰匙。

「這串鑰匙剛剛明明就不在這裡。」我用具有十足警告意味的白眼瞪了他一眼。

「哈！沒想到妳心情不好歸不好，觀察力還滿敏銳的嘛。」

「李梓易，所以你現在到底要幹麼？」

「妳在電話裡哭成那個樣子，我怎麼可能不回來看妳。」

「多管閒事。」

「況且我必須捍衛、確認並維護我們家鄉獨門妙方的功效嘛！」他一樣是那種笑笑的語氣，然後把視線從我臉上移開，認眞地看著電視。我知道他是因爲不想拆穿我刻意迴避他眼神的舉動，所以假裝對節目裡某段對話感興趣的樣子。

我抿抿嘴，看了他一眼。

幕上。

「就是所謂的『售後服務』囉！」他一樣笑嘻嘻地說。

「李梓易，我沒心情陪你開玩笑。」

他聳聳肩，還攤了攤手，「我知道，但我也不是在開玩笑。」

「哼。」我又瞪了他一眼。

「所以……妳爲什麼心情不好啊？」他盤腿坐著，突然很認眞地轉頭看我。

「要你管。」

「到底是什麼嚴重的事？」他不死心。

「沒什麼。」

「是不是和林……」他猶豫了幾秒，「和感情有關？」

「你問太多了。」聽到他說出「林」這個字，我以爲他會接著說出憲竣的名字。

「嗯，好吧。」他聳聳肩，終於識相地放棄追問，只是默默地將目光又移回電視螢

「拿了鑰匙就快離開吧。」我緩緩地呼出一大口氣，想結束這樣的尷尬。

他站起來，走到我面前，「但我覺得，要是我現在離開，讓妳一個人獨處，妳很可

能會愈想愈多，接著繼續難過第二回合。」

「……」一時之間，我竟說不出半句話，只是盯著他挑著眉看我的樣子。在那個瞬間，我發現因為他誠懇的關心，心裡揚起了一陣暖暖的感動。

「你們幾個人的感情眞的很好喔？」他瞥見我放在書桌上的合照，直接拿起相框，看著照片裡的我、憲竣、毓琪還有阿牧。

「對啊……我們從大一開始感情就很好了。」他看得很認眞，我向他說明了一下照片的背景，「去年在學校附近的山上拍的，我們一群人想去看看夜景，雖然沒看到流星，但眞的超開心的……」

我也是在當時，才發覺自己眞的眞的很喜歡憲竣。

李梓易像想起了什麼似地，「對了！難怪沒有效果。」

我很納悶，「什麼效果？」

「心情不好時，除了紅豆湯，還必須搭配一個小小的祕方。」他皺了皺眉，「眞是的，我怎麼會忘記我們家鄉的傳統祕方！」

「什麼祕方？」

「穿上外套。」他抓起披掛在椅背上的外套，走到我面前，「我帶妳去。」

「去哪裡？」我皺著眉，丟出我的疑惑，一邊乖乖地穿上外套。

「跟我走就知道了。」他帶著非常神祕的微笑，接著抓起我的手，什麼也不說，拉著我往門外走去。

18

我坐在機車後座，輕輕扶著李梓易的肩膀，看著微弱路燈下的景物慢慢地往後跑。從住處出發到現在，約莫十分鐘的路程裡，我和他說的話不超過十句，而且都是由我先開口打破沉默，他才簡短回答我。

「李梓易，我們到底要去哪裡？」我決定為我的疑惑找一個答案。

「再五分鐘妳就知道了。」

「喔。」我想了想，拉開安全帽的透明罩，「可是我不想任憑你擺佈。」

因爲紅燈，他將機車停在停止線前，從後視鏡看我，「帶妳去一個祕密基地。」

「在哪裡？」

「學校裡，不過……我打賭妳應該沒去過。」

「不可能，我都已經大三了，在學校裡生活兩年多了耶。」我很驕傲，「大一還在學校住宿過。」

「住宿過，所以呢？」

「那時候因爲沒有機車，常常就和毓琪在校園裡閒晃，我和毓琪連學校很少人去的後山都去過。」

「喔？」他也拉開安全帽的透明罩，挑眉從後照鏡裡看我，「那妳敢不敢跟我打賭？」

「賭什麼？」

「賭十碗紅豆湯，而且要陪對方一起吃。」他笑了笑，又是那種眼角瞇了起來，很好看的笑。

「好。」

「那麼，再五分鐘，我們的賭局就可以分出勝負了。」

「嗯……」我將目光移向路旁，看著一個坐在便利商店裡喝著咖啡，長得有點像憲竣的男孩。

「程卉曦……」

「幹麼？」

「妳知道妳現在要做的是什麼嗎？」

「什麼？」我的目光一直停在那男孩身上，因此想起憲竣說的話，以及憲竣談論到薇婷時的堅定表情。

「除了偷看便利商店的型男之外，我覺得還有兩件更重要的事。」

「嗯？」回過神來，我發現自己被李梓易的消遣弄得有點不好意思，「誰說我在偷看別人？」

「因爲我看到妳流口水的樣子。」

「才怪，」我迎向後照鏡裡他的目光，凶巴巴地問，「那兩件重要的事情是什麼？快說！」

「一是快祈禱妳眞的沒去過我說的祕密基地。」

我點點頭，看著前方的號誌從由黃燈變成紅燈，「另一件事情呢？」

「另一件事情，就是在到達祕密基地之前，好好享受一下騎著車兜風時微風徐徐吹在身上的感覺，順便……」

「嗯？」

「沉澱一下自己的心情，讓討厭的情緒隨著晚風吹散。」

19

「到底要去哪裡啊？」

「噓……」轉過身，他用氣音告訴我，「別被研究室的學長發現。」

「喔。」我點點頭，跟著他躡手躡腳地往前走。

「快來。」他仍然用微弱的氣音說話，輕輕地拉著我的手，繞過燈火通明的幾間教室，要我跟著走上樓梯。

「到底要去哪裡啊？」我忍不住好奇，不斷地丟出問句。

「到了，我開個門。」他微微地笑了，接著放開我的手。爲了避免發出太大的聲音引起注意，他輕輕拉開鐵門門栓，然後再次拉起我的手，往門外走去。

「這裡不能上來吧？」我帶著緊張的心情，睜大眼睛看他。

「是這樣規定沒錯，不過我們都會偷偷上來，唉呀！所以才說這裡是祕密基地啊！」

「可是……」我不放心地看了看那扇鐵門，「我們不會被關在這裡吧？」

「放心，不會的，研究室的學長常常都在研究室熬夜趕論文和報告。」

「眞的嗎？」

「眞的，來！跟我來。」他指著前方。

「喔……」我點點頭，呆呆地跟著他往前走。

「妳看！」他指著前方。

「哇！」我睜大了眼睛，往前俯瞰，看見一片美麗的夜景，像一塊黑色布料上點綴了五顏六色發亮的燈泡。

「漂亮嗎？」

我目不轉睛地盯著眼前的夜景，捨不得移開視線，「好美喔……」

「嗯啊！」

「我心情不好的時候也會到這裡來。」他給了我一個很帥氣的笑容，然後走到圍牆邊，往下俯瞰著這片似乎具有神奇魔力的夜景，「看著這麼美麗的畫面，心情就會慢慢變好了。」

我走到他身邊，看著他的側臉。他也正認眞地欣賞著這片夜景，而且說話的語氣好認眞，「嗯。」

「所以呢？」他微微轉身，微微低頭看看和他並肩站在一起的我，「妳的心情好一點沒有？」

不知怎麼的，看著他誠懇又深邃的眼神，我內心瞬間被滿滿的感動塡滿。原本想開口對他說些什麼的，卻因爲在淚水眼眶裡打轉，溫度讓眼鏡鏡片蒙上了一層灰濛濛的霧氣，只好別過臉，假裝繼續認眞地看著眼前這片美好。

接下來，有十幾分鐘的時間，我們兩個靜靜地站在圍牆邊，靜靜地俯瞰這片難得的美景。我不知道他是因爲察覺了我的異樣，不知道該說些什麼來安慰我，還是因爲他懂得此刻我需要一個人好好地沉澱，所以選擇沉默。但我的心裡，都因爲他的體貼，而有了溫暖的感受。

20

「謝謝你送我回來，」我脫下安全帽，「也謝謝你帶我去這麼棒的祕密基地。」

「不客氣，」他接過安全帽，「希望妳的心情真的好一點了。」

我微微地笑一笑，「嗯，眞的好多了，雖然……」

「雖然？」他狐疑看著我。

「雖然難過的原因暫時不會消失。」

「跟感情有關吧？」

看著他認眞問我的眼神，我皺了皺眉，「嗯，我喜歡一個男孩，喜歡好久了。」

「喔？」他微微地點了點頭。

「但是他心裡已經有另一個女孩了。」我苦澀地笑著，「說了不怕你笑，我曾經以爲自己可以什麼也不在乎地一直陪在他身邊，幫他追回那個女孩，甚至以爲只要他獲得了那個女孩的愛情，我也會和他一樣開心，但……」

「嗯？」

「但我最近才發現，我根本沒有自己想像的這麼勇敢、這麼堅強，能夠這麼……」我嘆了一口氣，「能夠這麼無私地陪著他去爲那個女孩挑選禮物，和他一起討論那女孩的點點滴滴，我實在太高估自己了。」

「程卉曦，這不是高估不高估的問題，愛情本來就是這樣，除非到了不得不看開的程度，否則，面對自己喜歡的人，妳不可能完全不在乎這些的。」

「也許吧！毓琪也勸過我，勸我要嘛就直接告白，要嘛就乾脆放棄，但是，我眞的沒有做任何決定的勇氣，哈！我原本以爲自己很勇敢的。」我有點意外，此刻竟然會將心裡的話對李梓易坦白地說出來。

「這不是勇敢不勇敢的問題。」

「是嗎？」我吸吸鼻子，鼻子發酸，好難受。

「當然，喜歡一個人需要很大的勇氣，但這樣的勇氣，絕對不是用來讓自己難過，或是忍耐所有負面情緒的。」

「……」我無語。

「如果妳連自己都沒有好好愛自己，又有什麼資格談一場美麗的戀愛呢？」

「你懂什麼啊！」我低吼。

「我曾經也像妳一樣，默默地喜歡著一個人。」他眼神裡閃過一絲哀傷，「所以我懂，我絕對懂。」

「那又怎樣？」我轉身，「我想上樓去了。」

「程卉曦！」他抓住我的手臂，走到我面前，接著伸出手，出乎我意料地擦掉滑落在我臉頰上的眼淚，「加油。」

「嗯？」

「如果未來，妳會把我當成朋友，我也會陪著妳一起努力的。」

近距離地看他，如果說我心裡完全沒有一絲感動，肯定是騙人的，「謝謝你。」

「妳喜歡的人是不是……啊！」

「李梓易，你真的很八卦耶。」感動歸感動，但我用力揮出的拳，還是非常精準，不偏不倚地停在他的左臉頰上。

21

「就討論到這裡囉！」一如以往，毓琪像個主席一樣宣布討論結束。

「OK！」我們異口同聲地。

「因爲梓易和我們不同系，要麻煩你和小曦另外找時間討論一下。大家的資料都先確認了，我這邊才能繼續往下進行。」憲竣負責最後統整報告，他很禮貌地對著李梓易說明。

「好的，謝謝你。」李梓易也很有禮貌地回應，「我們待會兒還會留下來討論，也許下星期三開會前，就可以把我們的部分完成。」

「哇塞！」聽完李梓易的話，阿牧比出個「讚」的手勢，「沒想到最需要時間討論的部分，竟然是最有效率的。」

「當然囉！」我皺了皺鼻頭，一臉驕傲，「有我和毓琪督促外系看起來很混的組員，效率當然很高。」

「哈！程卉曦，妳眞好意思說喔！」在大家面前，李梓易也不甘示弱地反擊。「當然囉！這些參考書籍還不是多虧了我和毓琪先去圖書館借出來，文獻資料也是我和毓琪先去影印的啊。」我一樣驕傲地挑了挑眉，「毓琪，對不對？」

「對啊！」毓琪也加入了我的陣營。

「這我知道，所以我眞的很感謝毓琪和程卉曦，」李梓易這句話是對著大家講的，「不過……」

「不過什麼？」看見李梓易臉上陰險的笑，我急著反問。

「要不是有人鬧了個大烏龍，害得部分影印資料被風吹走，搞不好效率可以更高一點喔！」

「喂！李梓易，你很過分耶！」

他聳聳肩，「誰叫妳這麼不留情面，說我是看起來很混的組員？」

「愛計較。」我哼了一聲。

「我這不是愛計較，是逮到機會報個仇。」他用他修長的食指，指著貼在他左臉頰的ＯＫ繃。

果然是我造成的！剛剛開會時，我一直偷偷在猜想，他臉上會貼ＯＫ繃，是不是我昨天那拳造成的。現在聽他這麼說，我幾乎可以確定了。

儘管如此，我還是不想在大家面前對他表現出歉意，於是我大聲地「哼」了一聲。

毓琪呵呵地笑了，還故意邊笑邊拍手，「你們小倆口非得在大家面前這樣打情罵俏嗎？」

「毓琪！什麼小倆口，什麼打情罵俏啦！」我白了毓琪一眼。

「哈哈！」憲竣敲了我的頭，「小曦的臉又紅了。」

我摸摸自己的臉頰，「真的喔？」

「嗯，像個蘋果一樣。」阿牧笑了，但我總覺得阿牧的笑容裡藏了難以形容的異樣情緒。

「都是你啦！」我對著李梓易扮了個鬼臉。

「好啦！」憲竣將桌上的討論資料收攏整齊，小心地放進包包裡，「那我們就下星期三再開個會，除了匯整一下彼此的資料，再看看口頭報告之前有沒有哪個環節還需要修改的囉！」

「沒問題。」

「那散會吧！」

說完，大家便各自收拾了手邊的資料，準備離開教室。

「毓琪，」憲竣邊收東西，邊看著毓琪說：「妳等會兒就直接回家了吧？」

「對啊！怎麼啦？」

「幫我跟老爸、老媽說，我今天不回去吃飯，晚點回家。」

「喔！」毓琪點了點頭，長長睫毛下的大眼睛很漂亮，「要去找薇婷啊？」

薇婷……

這個名字，讓我想起那條收在精美包裝盒裡的項鍊。憲竣說過，要提早把生日禮物送給薇婷的。

我的心又輕輕揪了一下，但在憲竣面前，我只能假裝若無其事，繼續整理我帶來的資料。

「對啊！」憲竣微微地笑了笑，是他最好看的和煦笑容，他溫和地看我一眼，然後對毓琪說：「小曦幫我挑選了一條很漂亮的項鍊，感覺起來也很適合薇婷。」

「喔？」毓琪看了我一眼，眼神裡有很多含意。

「對啊。」我刻意忽略毓琪的眼神，努力地擠出笑容，「我很有眼光，挑了一條上面有一顆小小流星的項鍊喔！」

「嗯……所以你立刻就要去找薇婷了？」

「他還要跟我ＰＫ一場球呢！」阿牧背好背包，站了起來。

「時間差不多了，走吧！」憲竣也站起來，「記得幫我跟老爸老媽說一聲。」

「好。」毓琪誇張地說：「我絕對會告訴他們，說他們的好兒子必須爲了往日情做點什麼努力。」

「好啦！別鬧了！」憲竣捏了捏毓琪的臉，「我們先走囉！梓易，下次見。」

「啊！不然我先跟你們一起下樓好了。」李梓易也背起背包，「程卉曦，妳先在這裡等我，我先去我們系辦交一份五點截止的報告，立刻回來。」

「喔……好啊！」

「待會見！」

22

「小曦，妳什麼時候開始和李梓易感情變得這麼好？」看著李梓易離開的背影，毓琪神祕又曖昧地問我。

我正喝著水，差點因爲毓琪的話噎到，「什麼感情好？」

「就是感情好啊！」毓琪將臉湊了過來，「程小曦，妳和李梓易剛剛一整個都在打情罵俏耶！」

我放下保溫杯，「誇張。」

「本來就是啊！感情進展很快耶！」

「想太多了啦！」

「對了，李梓易那張帥臉上的ＯＫ繃是怎麼回事啊？」毓琪挑了挑眉，「看他剛剛說話的樣子，絕對是妳弄的。」

「是啊。」我想起前天晚上的情景，然後簡短地向毓琪報告了一下。

「哇塞！妳眞大膽耶！妳眞的很不怕被李梓易的親衛隊圍剿喔？」

我哼了一聲，「是那傢伙太八卦了，我跟他又沒有多熟，幹麼非要問我是不是喜歡誰啊！」

「這不是八卦吧？」毓琪皺起了她細細的眉，「我覺得是關心。」

「關心？」我思考了幾秒，「不，我還是覺得是八卦。」

「唉唷！他看起來不是那麼八卦的人，相信我。」毓琪胸有成足地說著，很有把握的樣子，只差沒有拍胸脯保證，「妳想想看，如果只是八卦，他大可以一開始就直接問妳，幹麼還要鋪陳這麼多。」

我想了想，突然覺得毓琪的話很有道理，如果只是八卦，他眞的不用這麼大費周章地帶我去祕密基地，這麼認眞希望我的心情能夠變好。對李梓易的歉意，伴隨著這些想法冒了出來，「這樣想想，好像也是耶……」

「妳才知道喔！超級衝動女。」

我嘟了嘟嘴，「我當時眞的這樣想嘛！可是毓琪，我只是這樣把拳頭揮過去，爲什麼會需要貼OK繃啊？」

聰明的毓琪在我揮出拳模擬當時的狀況時，抓住了我的手，「這個吧！」

我看了一眼毓琪指著的尾戒，「那很痛耶！」

「妳才知道。」

「是喔……」我輕輕地嘆了一口氣。

「覺得對不起他了吧？」

「有那麼一點。」

「那等一下妳和他討論完，就請他吃個飯啊！」

「需要這樣嗎？我跟他又沒有這麼熟。」

「當然啊！妳心情不好，他花了一個晚上陪妳耶！還帶妳去他的祕密基地看夜景……等一下！妳說他帶妳去看夜景？」毓琪睜大了眼睛，一臉覺得很不可思議的樣子。

「對啊！他說他心情不好的時候，就會偷偷跑上去他們系館頂樓。」我想了想，「毓琪，那裡的視野眞的很棒，有機會再請他帶我們去。」

「他整個對妳很仁至義盡耶！」

「是啊！其實當時我是有一點感動啦。」我聳聳肩，在毓琪面前說了實話。

「眞的，要是我也會感動的。」

「對啊！當下我眞的很謝謝他。」

「程小曦！」毓琪伸出手，用力地捏著我的臉頰。

「好痛喔！毓琪……輕一點啦！」

「我以我準確到不行的第六感告訴妳，李梓易絕對在追妳。」

我哈哈哈地笑了出來，然後也捏了毓琪的臉一把，「林毓琪！」

「很痛耶！」毓琪大叫一聲，總算放開了原本捏著我的手。

「我也以我準確到不行的第六感告訴妳，妳眞的想太多了。」

23

在李梓易回到教室不久後，毓琪就離開教室，剩下我和李梓易兩個人繼續討論報告的細節，以及剛剛開會時定出來的撰寫方向。

確認完我和他之間所有的分工，我們各自收拾著自己的包包時，我突然想起一件重要的事。

「啊！」

「怎麼了？」

「我突然想到，我們必須再去圖書館一趟，昨天上網查到一本書，對我們的報告很有幫助。」

「喔？那就現在去圖書館啊！我陪妳去。」

「嗯。」我拉上包包的拉鍊，「呃……如果你有其他事情也沒關係，我自己一個人去就行了。」

「我沒有其他事情啦！」他背起包包，「走吧！」

「好。」

我和他走出教室，慢慢往圖書館的方向走去。

「妳和林毓琪感情很好喔！」他和我走在往圖書館紅磚道上時，突然這麼說。

「對啊！」看了他一眼，我繼續走，「大一時，我們都住學校宿舍，而且是室友，從那時候開始，我們就很要好了。」

「原來如此。」

「而且毓琪很了解我，也很照顧來自南部的我，原本就是台中人的她，對於這個城市熟悉到不能再熟悉了，所以很多事情都幸好有她。」我笑了笑，「其實從某些角度來看，我是很依賴她的。」

「看得出來。」

「是啊！她比我成熟，也比我獨立。」話一說完，我立刻補充，「獨立很多。」

「哈！她的確給人很獨立的感覺，看起來也很成熟，但我覺得妳也很獨立。」

「是嗎？」我聳聳肩，給了他一個微笑，「也許是耳濡目染吧！而且都已經大三，很快就要升大四、畢業出社會了，總不能還像個大一新鮮人一樣天眞無知吧！」

「嗯……」他看了我一眼，又是那種帥氣的微笑，「天眞也沒什麼不好。」

「也許吧！」

「對了，妳今天也會弄這個報告嗎？」

「會呀！我想趕快搞定它。」

「那不如拿了書之後，我們就借一間討論室，直接開始進行好不好？」

我思考了幾秒，「那就這樣吧！」

他點點頭，站在圖書館前，從牛仔褲的口袋裡拿出手機，將手機鈴聲調整爲靜音。

這時我忽然想到，「啊！不行耶！」

「什麼不行？」

「我昨天打好的檔案存檔在筆電裡，我今天沒有帶筆電過來。」

「是喔……」他想了想。

「不然，拿完書，直接去我住的地方好了。」

「嗯？」

「去我住的地方啊，不然來來回回的好浪費時間。」我瞄了一眼他手上的筆電，「反正你筆電正好帶在身上，我們一起進行，這樣還可以互相討論，搞不好今天就能把進度全部完成了。」

他點點頭，然後低頭看我，臉故意靠我好近，「孤男寡女的，妳不怕我……」

「李梓易！」我又揮了拳。這次不但被他閃過，還被他緊緊地抓住手腕。

「嘿嘿！我的功力進步了吧？」

「臭美！」我用我的左手，朝他抓著我右手腕的手打了兩下，直到他鬆開，「走啦！別浪費時間了。」

24

「這份資料OK。」李梓易將整理完畢的參考資料放在我面前，然後拿起另外一份繼續研讀，在資料文件中用螢光筆畫上重點。

「喔，好……」我也拿著螢光筆畫重點，抬頭看了他一眼，目光移回手上的資料，然後在不太了解的英文單字上畫了個問號。

因爲發現這樣應該會比較有效率，我和他決定把手邊所有的外文文獻資料先瀏覽一遍，以螢光筆註記上可以用在報告裡的段落與重點。從圖書館回到我的住處之後，我們就這樣專注地讀著文獻，想盡快把資料全部過濾一遍。

我抬頭看了一眼時鐘，發現我們已經持續進行將近四個小時，我揉揉有點疲倦的眼睛，再次看著文字排得密密麻麻的文獻資料。

只是，當我決定繼續閱讀時，竟忍不住地打了個呵欠，最後用手托著下巴，繼續看著讓我開始有點彈性疲乏的資料。

「累了就先休息一下吧！」李梓易連頭都沒有抬起來，邊用螢光筆註記邊說。

「好……那我休息一下喔。」我又打了個呵欠，伸伸懶腰，最後決定蓋上螢光筆筆蓋，放鬆地將背靠在和室椅的椅背上。

我弓起雙腿調整了一個舒服的姿勢，看著眼前專注閱讀文獻的李梓易，不得不承認，他不僅外表很好看，就連認眞的樣子也很有魅力。

我想起今天在教室時，毓琪的玩笑話。

「程卉曦，妳幹麼一直偷看我？」李梓易在文件翻頁的空檔抬起頭看我。

「我……我哪有！」我凶巴巴地反駁，突然感覺到耳根子正微微發熱。

完蛋了。

依照以往的經驗，我的臉一定又紅得不像話了。

「有沒有妳自己知道，」他抿抿嘴，要笑不笑的樣子很討厭，「可別沒經過我的同意，就隨便幻想我和妳約會什麼的。」

「喂！李梓易，你是不是哪根筋不對勁啊！」我瞪他。

「這我是不知道，但妳臉像蘋果一樣紅，當然會讓我有這樣的錯覺嘛……」

「哼，快做事啦！」我又瞪他一眼，拿了幾張我的文件放在他面前。

「很不公平耶！」他指著那疊我偷渡過去的資料。

「這本來就是個不公平的社會呀！」聳聳肩，我猜我的表情一定很欠打，「何況你現在是寄人籬下，不得不低頭啊！」

「低頭就低頭。」他攤攤手，「反正本少爺實力很強，不怕這種莫名其妙的嫁禍。」

「很好。」我一樣欠打地笑了笑，調整一下坐姿，也將脖子舒服地靠在軟綿綿的椅背上，「好舒服喔。」

「休息一下吧！」

「十分鐘後叫我……」

「嗯，睡吧！」

「記得叫我喔！」我閉上眼睛，突然有種全身都好累的感覺。

25

「啊！」從一個美麗的夢境醒來，我發現自己正躺在舒服的床上。

看了一眼牆上已經指著九點整的時鐘，我懊惱地嘆了一口氣，怪自己睡太久了一點。我想起剛剛還交代李梓易讓我睡十分鐘就好，轉頭看了一下，才注意到李梓易也靠坐在和室椅上，頭朝著天花板睡著了。

我站起身，拉了床上的一條小毛毯走向他，小心翼翼地將小毛毯蓋在他身上，再拿一個小抱枕輕輕放在他脖子後方，然後躡手躡腳地走回自己的位置上，想要繼續努力自己未完成的革命。

當我坐下來，想重新開始閱讀文獻時，這才發現，我的資料全部都疊放在李梓易負責的那一疊資料下方，就連我剛剛閱讀到一半的那一份，也都被他拿了過去，甚至已經標註好重點，放在他那一頭的桌面上。

他也很累吧！看著他貼在左臉頰上的ＯＫ繃，以及他緊緊閉上的雙眼。我想，一開始他的疲倦絕對不少於我，但是因爲我的陣亡，他必須硬撐著，還這麼認眞地把我的部分消化掉。

我拄著下巴，看他睡得很沉，心裡突然揚起一股抱歉及感謝，也再次意外發現，他連睡著的模樣也是這麼好看。

也難怪毓琪會這麼稱讚他，還說他有一堆死忠的親衛隊。

偷偷看他，我想起近日和他相處的經過。雖然很多時候，我和他都在玩笑打罵中度過的，不過回頭想想，他的確也做過很多很貼心的舉動。

我的目光又不自覺地往他臉上的ＯＫ繃看去，毓琪說李梓易會問我喜歡什麼人，不是想八卦，是關心。

這一瞬間，我覺得自己應該是真的誤會他了。

而下一瞬間，我的心被滿滿的歉意填滿，肚子也在這時候咕嚕咕嚕地叫了起來。我決定在他睡醒之前，偷偷出門買晚餐回來。

算是……

慰勞他的辛苦吧！

26

提著裝了晚餐和紅豆湯的袋子，我在住處門外手忙腳亂地準備把鑰匙插進鑰匙孔，這時候，房門被打開來，「咦？你醒啦？」

「嗯，」李梓易貼心地接過我手中的食物，「怎麼不叫我一起去？」

走進房裡，我將鑰匙放在桌上，「你睡得很熟啊！況且是我先陣亡的，才害你看得這麼累。」

「不會啦！只是看完了資料，想說妳也還在睡，就先休息一下。」他不好意思地笑了笑。

「快吃吧！」我指著桌上的食物，「我先洗個手。」

「妳還買了紅豆湯？」他邊說邊把食物從塑膠袋裡拿出來。

「是啊！」我從浴室洗完手走出來，坐在他面前，「今天也加了湯圓喔！」

「謝謝妳。」

「不客氣啦！」我聳聳肩，他突然這麼禮貌，我有一點點不習慣，「其實我也只是在償還我的賭注啊。」

「喔？」

「剩九次喔！」我瞇著眼，很認眞地伸出手，比了一個「九」。

「哈！我還以爲妳會賴帳呢！」

我輕輕哼了一聲，「怎麼可能！願賭服輸這個道理我還懂。」

「是這樣啊！」

「快吃吧！」我用下巴指了指他的蛋包飯，「這家店的蛋包飯很好吃喔！」

他輕輕地笑一笑，然後用湯匙舀了一口放進嘴裡，「眞的很好吃耶。」

「對呀！」我迫不及待地吃一口，「憲竣也很喜歡呢！」

「眞的很美味。」

「沒錯！眞開心你喜歡這個口味。毓琪就覺得這家蛋包飯的番茄醬太酸。」講到毓琪，我的眼神又不自覺地移到他臉上的ＯＫ繃，「對了，李梓易……」

「幹麼？」

「這個傷……是我弄的嗎？」我放下筷子，指著他的傷口。

「妳說呢？」他聳聳肩，「那天沒躲過妳的拳，不小心被妳的尾戒刮了一下。」

「傷口大嗎？」

「還好，其實傷口很小啦！只是想，貼著ＯＫ繃比較不會不小心碰到。」

「喔。」爲了表示我的了解，我點點頭，想起毓琪說過的話，「毓琪說，我會被你的親衛隊圍剿，眞的嗎？」

「她太誇張了。」

「我也這麼覺得。」我很故意地笑了笑，「不過，看起來，這幾天可以幫你削弱一點過度旺盛的女人緣。」

「所以，我好像應該要好好感謝妳一下喔。」他挑高了眉。

「嗯，寫個感謝狀來好了。」

「好，等我回家鄉，我再請我們村長幫我寫一張感謝狀，外加正統熬煮了七七四十九小時的趨吉避凶招來好運紅豆湯怎麼樣？」

「聽起來還不錯。」我看著他，突然認眞起來，「不過……」

「不過什麼？」

我吐了一口氣，「我想我必須向你道歉。」

「妳說什麼？」

「除了弄傷你，我想我可能誤會你了，以爲你是八卦的人。眞對不起。」

「什麼？妳說對不起？」他驚訝地看著我，好像我做了什麼不可思議的大事。

「對啊！」我疑惑地點點頭，「幹麼這麼驚訝？」

他笑笑的，「沒啦！我以爲像妳這樣有點固執，脾氣又有點拗的女生，不會輕易道歉的。」

「李梓易！是誰又允許你這樣對我亂下註解的？」

「好啦！我只是有點受寵若驚嘛。」

「哼！快吃啦！」我瞪了他一眼，「你可別得了便宜還賣乖。」

「我怎麼敢？」

「那就快吃你的飯。」我給了他一個白眼，然後拿起電視遙控器，轉了個綜藝節目的頻道。

27

今天，我們又來到上次憲竣請我吃飯的簡餐店。

這一次，因爲有四個人，又事先預約，所以我們才有機會坐在與其他客人分隔開來的包廂裡。

「憲竣，幹麼沒事請吃飯？」阿牧喝了一口果汁。

「該不會是中了大樂透，還是統一發票頭獎？」毓琪也喝了一點飲料，然後丟出她的疑惑。

「對啊！憲竣怎麼突然請吃飯？」

「祕密。」憲竣開心地笑著，「等一下我再公布。」

「這麼神祕……」憲竣坐在我對面，他今天心情似乎眞的很好，因爲他的眼角一直是瞇起來的，整個人就像是被幸福包圍著一樣。

「林憲竣！快說啦！」毓琪拉著憲竣的手，對著自己的哥哥撒嬌，「我的好奇心快被你逼急了。」

「等……」憲竣的話還沒說完，放在桌上的手機正巧響了起來。他接了手機，對著手機那頭的人說了包廂號碼之後，又露出了洋溢著幸福的神祕微笑，「請客的答案，就要揭曉了。」

「喔？」

「大家好。」包廂門口傳來一個甜甜的聲音，同時吸引了我們幾個人的目光。

「薇婷，沒想到妳這麼快就到了。」憲竣站起來，立刻走到包廂門口，體貼地接過薇婷的包包，然後拉著薇婷的手走到座位旁。

而在那個瞬間，我感到晴天霹靂。甚至忘了掩飾自己的情緒，呆呆地愣在那裡。

毓琪輕輕地碰了碰我，示意要我別忘了裝得自然一點，於是我才回過神來。只是，當我用力擠出笑容，想裝出眞的很替憲竣開心的樣子時，又不小心看見憲竣的大手緊緊牽著薇婷的手。

「薇婷，好久不見。」毓琪先大方地開口。

「對啊！好久不見。」薇婷微微地笑了笑，然後用她那細細的，很具有東方美的眼睛看看我和阿牧，「這兩位應該就是小曦和阿牧吧？」

「嗯。」阿牧很禮貌的，「我是阿牧。」

「我是小曦。」我笑著，看著第一次見面，但我很常聽憲竣說起的薇婷，發現她是個名符其實的大美女。

「小曦，我聽憲竣說，我的生日禮物是妳陪他挑選的。」

「嗯……」

「眞的很漂亮，謝謝妳。」

「說到這個，那天小曦可是花了兩個多小時的時間陪我呢！」

「眞的啊？」薇婷看了看憲竣，然後又看了我。

「對啊。」我低下頭，又瞥見憲竣仍然緊握著薇婷的手，只好移開目光，「憲竣希望挑選一個適合妳的禮物。」

薇婷露出了甜甜的笑。她看向憲竣時，我發現那樣的笑多了一種特殊感情。

「這就是我今天請客的原因。薇婷願意重新接受我了，這個好消息，一定要第一個跟你們分享。」憲竣親暱地撫著薇婷披肩的長髮，然後舉起裝著漂亮調酒的杯子，「乾杯囉。」

異口同聲地，在玻璃杯與玻璃杯互相碰撞發出的撞擊聲中，每個人都大聲地說了聲，「乾杯！」

「小曦，今天很豪邁喔！」憲竣敲了敲我的頭。

「嗯？」我看著憲竣。

「平常從沒看妳把調酒一飲而盡，今天豪邁得很不一樣耶！」

「當然囉！因爲我的好哥兒們總算追回了心中的最愛啊！我當然要爲他開心。」說完，不管是不是笑得難看，我還是哈哈地大笑著，因爲此刻，好像只能像現在這樣笑出聲音，才能確定自己眞的在笑。

28

程卉曦，沒想到這一天眞的來了。

而且還來得這麼快。

餐後，因爲毓琪要直接回家，原本讓憲竣載到簡餐店的我，只好請阿牧送我回來。

一路上，我和阿牧有一搭沒一搭地聊著，但其實大部分的時間，我坐在後座，都望著路旁的景物，想著今天吃飯時，憲竣和薇婷甜蜜互動的樣子。

雖然之前我已經試著聽毓琪的勸告，盡可能慢慢讓自己不這麼在乎憲竣。後來陪憲竣去挑禮物那天，看到憲竣談論到薇婷的堅定表情，我也一再告訴自己這一天終究會來，但是為什麼，我今天還是覺得，自己是有史以來第一次這麼狼狽。

甚至必須笑得像傻子一樣，才能夠成功掩飾自己的傷心。

甚至要假裝很感興趣的樣子，聽憲竣和薇婷聊彼此的心情。

其實，知道憲竣終於成功挽回了他的愛情，不必再痴痴守候著一個人，我身為他的好朋友，心裡是真的和他一樣開心的。可是，這麼喜歡他的我，心裡有更多的部分，是為自己沒有開始的愛情流淚。

「阿牧！」我瞄了一眼後照鏡，從鏡子裡看見阿牧正認真地看著前方。

「怎麼啦？」放慢了速度，阿牧從鏡中對我抿了抿嘴，很溫柔地問。

「我想請你讓我在前面路口下車就好了，我想去逛逛。」

「逛逛？」他提高了音調問我，「想買什麼東西嗎？我陪妳一起去啊，一起逛完再送妳回去。」

「不用啦！我自己去就行了。」

「小曦，憲竣叫我送妳回去，妳想害我被他揍喔？」

「他現在……」我苦苦地笑了笑，用理智止住了我原本想說的話，沒有把「還會在意我嗎」幾個字說完。

「現在怎麼樣？」

「他現在這麼甜蜜，管不到我們啦！」我又呵呵地笑了，「把我放在這裡就行了，我說眞的。」

「小曦？」阿牧騎到路口，轉了彎，停在車輛較少的路邊。

「我逛累了，會自己搭公車回去的，你不用擔心。」我邊說邊下了機車，將安全帽遞給阿牧，「謝謝你。」

阿牧露出他成熟的微笑。在我眼裡，他一直是個很有想法又很成熟的人。

他接過我手上的安全帽，「如果逛逛可以讓心情好一點，其實也不錯。」

抬起頭，我看著阿牧成熟又睿智的眼神，突然有種錯覺，覺得他好像知道我喜歡憲竣的心情，「阿牧……」

他伸出手，出乎意料地幫我撥了一下我被風吹亂的頭髮，「其實妳早就知道這天遲早會來的，不是嗎？」

「阿牧？你……」

「哈！」阿牧苦澀地笑了一下，然後將目光看向前方，「這種心情我能懂。」

「所以……」我嚥了嚥口水，猶豫了一下該用怎麼樣的句子問出口，「所以阿牧也……有喜歡的人囉？」

「當然有，」他嘆了一口氣，「而且我想，我對那個人喜歡的程度，不會少於妳對憲竣的喔！」

不知道是不是我的錯覺，我突然覺得此刻阿牧的笑容和平常不同，好像有點勉強、有點哀傷。

但，同樣身爲阿牧的哥兒們，我卻不知道該用什麼話來安慰他。

「我怎麼……」我尷尬地看著阿牧，「從來都沒聽你說過這樣的事呢？」

「哈！那是因爲……」阿牧沒有把話說完。

「因爲什麼？」

「沒什麼啦！快去逛吧！」

「阿牧！」我想要聽完阿牧的話，堅決地看著他。

「妳不會想知道的。」

「阿牧，除了憲竣之外，你也是我的好朋友，有什麼事情都可以說的。」我拍拍他的肩，「說吧！你剛剛說因為什麼，所以你從來沒有告訴過我？」

「因為……」

阿牧說出原因後，我才發現我實在不該堅持追問阿牧的。

29

在人數不多的電影院裡，我一個人坐在最中間的位置。這部電影上檔前，我原本早就決定要約憲竣一起來看的。

只是沒想到，期待了兩個月，真正上映了，我卻是一個人來。

我平時看電影一向很專心的，今天卻怎麼樣也無法融入劇情，就連男女主角最感人肺腑的對白，我都沒能聽進耳裡。

我原先就因爲憲竣的事，腦子混亂得不得了，又因爲阿牧的話，變得更加混亂了。原先已經糟到不行的心情，現在整個像跌到谷底般沮喪。

而阿牧剛剛說的話，像魔咒般不斷地在我耳邊圍繞，揮之不去。

「因爲……程小曦的目光始終只停駐在憲竣身上，就像憲竣的眼裡只看得見薇婷一樣。」

我看著電影裡男女主角擁吻著，不斷想起今天在簡餐店時，憲竣和薇婷的親密互動。在這一瞬間，我的眼淚終於控制不住，像斷線的珍珠一顆一顆往下掉。

反正，在漆黑的電影院裡也不會有人發現。

最後，一直到電影散場，人群漸漸散去，我還是坐在位置上，想等情緒緩和一些再離開，但我還是不停地流著眼淚，直到清場的服務人員走到我面前，問我「還好嗎」，我才困窘地擦了擦眼淚，趕緊離開。

走出百貨公司時，已經是晚上七點左右，外頭的天色也已經暗了下來。我慢慢走向大約在一百公尺外的公車站，坐在公車站的椅子上，看著路上來來往往呼嘯而過的車輛。

這個時候，我隱約聽到從包包裡冒出的手機鈴聲。

是阿牧傳來的訊息。

我吸了一口氣，檢視訊息的內容。

「小曦，對不起，原本我是不打算告訴妳這些話的，至少不是在這種情況下告訴妳，也希望妳不會因此迴避我或有芥蒂，也請妳讓我繼續這樣默默地喜歡妳。」

看著簡訊，我的眼淚又不自覺往下掉，但這一次，我無法確定到底爲了什麼而流淚。

我握著手機，不知道源自什麼樣的衝動，竟然在通話清單裡找出李梓易的名字，按下撥號。然而，響了好久他都沒有接聽……

30

「喂？」我接聽了電話，坐在鞦韆上輕輕地盪著。

「程卉曦，妳打電話給我啊？」電話裡，李梓易的聲音聽起來好像邊走路邊說話。

「嗯，剛剛。」

「抱歉啦！剛剛我們在特訓，所以不方便接電話。」

「沒關係……」

「妳在哪裡啊？回家了嗎？」

「我在我住處附近的公園，還沒打算回家。」

「妳是不是心情不好？」

「我心情好得很。」

「是嗎？聲音聽起來怎麼悶悶的？」

「哪有。」

「好啦！我去找妳好了，二十分鐘後見。」

「李梓易，不用啦！」

「反正我等一下也沒事，我去找妳，等我。」

「喂！」

「怎麼樣？」

「你真的要來？」

「對啊！」

「那可不可以幫我買一手啤酒過來？」

「啤酒？」

「拜託你了。」

沒等李梓易拒絕或同意，我就逕自結束了通話，然後繼續一個人盪著鞦韆，直到李梓易提著便利商店塑膠袋遠遠地朝著我走來。

「這種樣子，不是心情好得很的樣子。」李梓易將啤酒放在一旁，坐在我旁邊的鞦韆上，也輕輕地盪了起來。

「真的很多管閒事耶你。」我盪到前方，轉頭往右後方看了他一眼。

「就是有我這麼愛管閒事的人，妳才會有這袋啤酒好喝。」

「也對……」我哈哈地笑了一聲，用力地將鞦韆盪得好高。當鞦韆愈盪愈高，我的心跳也愈跳愈快。來來回回盪了好幾次，我大聲地叫了李梓易的名字，「李梓易！」

「幹麼！」他也不甘示弱，像個不服輸的孩子，很認眞很用力地盪著鞦韆。

「這樣的高度，好像可以把星星摘下來耶！」

「嗯，小時候我也曾經這麼以爲。」

「眞的喔！從前還以爲摘到星星就可以大聲許下願望，所以超努力的。」

「對啊！」

我將盪鞦韆的力道緩了下來，鞦韆擺盪的高度也愈來愈低，「可惜……」

「可惜什麼？」

「可惜這都是我們的自以爲。」

「雖然是自以爲，雖然連星星的邊都碰不到，但只要相信，願望或夢想還是有實現的可能。」

「是嗎？」我放下腳，停住已經晃得很慢的鞦韆，然後轉頭看著一樣輕輕盪著的李梓易。

「當然囉！不管願望能不能實現，不是有一句話說，『人因夢想而偉大』嗎？」他笑了笑，「所以，就算明明知道願望或夢想不會實現，但在許下願望的那一剎那，妳不覺得懷抱著希望的那一刻，是相當幸福而且美好的嗎？」

「的確是……」

「想想妳上一個許的願望，那時候應該也是帶著這樣的心情吧？」

我低下頭，看著鞋尖，「是呀！上次許願的時候，也是帶著這樣的心情。不過我確定這個願望不會實現了。」

「嗯？」

「因爲，這個願望是跟著某個人而轉動的。」我想起書桌上我們四個人合照的那片夜景。當時，就是在滿天星星的夜空裡，對著突然劃過天邊的流星許下願望的。

「所以現在那個人有了另一個人了？」

「沒錯。」看著李梓易，我苦澀地笑了。

「雖然這完全只是我個人的單戀，但李梓易……」

「爲什麼？」

「我失戀了。」我的淚水又掉下來，「我想，我不得不放棄那個人了。」

31

「情緒有沒有緩和一點？」看我一個人默默地流著眼淚，還要自閉般地喝了啤酒，過了十幾分鐘，李梓易終於開口打破沉默。

「嗯。」

「那就好。」

「李梓易，明明是我失戀……你幹麼跟我搶酒喝？」我喝完第二瓶啤酒，擦了擦剛剛流下來的眼淚，不高興地對他抱怨。

「剛剛就說了，一人一半，妳三瓶我三瓶。」

我拿起第三瓶啤酒，拉開拉環後，又喝了一大口。「既然你自己也想喝，剛剛怎麼不順便多買……」

「誰知道妳一次喝這麼多。」

「哼！」我瞪了李梓易一眼，看著被公園裡微弱燈光照射的他，再次確定他真的長得很好看。

「程卉曦，到底發生了什麼事？」他認眞地轉過頭看我，害得偷看他好看的外表的我，只好難爲情地將目光移開。

「發生了什麼事……」從鞦韆上站起來，我呵呵地苦笑了一下，鼻頭湧起了一陣酸，「就是我喜歡的那個人終於等到他心裡的女孩……就只是這樣的事情而已。」

「程卉曦……」他停住鞦韆，用他低沉的嗓音喊了我的名字。

我又苦笑了一下，把一大口啤酒灌進嘴裡，「我覺得我眞的很怪，在我決定義無反顧地喜歡他的時候，就已經知道這樣的結果了，但爲什麼現在我會這麼難過？心又會這麼痛？哈！這樣的我眞的很可笑吧！」

「……」他站起身，走到我面前，「所以林憲竣追回他的前女友了嗎？」

「嗯……」我抬起頭，看著好高的他，給了他一個虛弱的微笑。

「喂！」他伸出手，突然抓住了我又想把啤酒灌進嘴裡的手，「酒不是這樣喝的啦！」

「我都已經那麼狼狽了，狼狽到連在他面前難過的資格都沒有……」看著他，我眼淚又不自覺掉了下來，「該不會連在你面前喝酒療傷的資格也沒有了吧？」

他伸出另一隻手，將我手上的啤酒罐搶了過去，不管三七二十一地把那瓶啤酒咕嚕咕嚕地一飲而盡，用手臂擦了一下嘴唇，「不是沒有喝酒療傷的資格。」

「不然呢？」

「是因爲在我面前，妳可以不必裝得堅強，我可以陪妳一起難過。」

我站起身，抬起頭，近距離地看著他深邃的眼神，然後不知道是不是因爲酒精的關係，我突然有種昏昏的感覺，「李梓易，這些話，不會是告白吧？」

「不是，」他抿抿嘴，撥了撥我被風吹亂的劉海，「這是朋友之間的安慰。」

「那就好……」我昏昏沉沉的，對著他苦澀地傻笑，「既然是朋友，那你的……」

「我的什麼？」他輕輕地將手放在我肩膀上，扶著已經有點站不穩的我。

「既然是……朋友，那你的胸膛借我靠一下……」

說完，我意識半清醒半迷糊的，不管三七二十一地靠在他厚實的胸膛上，在他的懷裡放肆大哭。

32

「心情有沒有好一點？」發現我情緒緩和了些，李梓易和我靠得好近，用修長的手指溫柔地擦拭殘留在我臉頰上的淚水。

「嗯，可是……我的頭好昏喔……」我看著他，因爲微微暈眩的關係，輕輕地抓著他的手臂。

「妳喝得太快太急，而且太多了。」他皺了皺眉。

「李梓易，」我咳了咳，又因爲站不穩，輕輕靠在他身上，「那你……你背我回去，我沒有力氣走回去了。」

「好。」看我一直想撥開被淚水沾濕而貼在臉上的幾根頭髮，李梓易很體貼地幫我撥開，轉過身，往後拉了我的手一把，要我靠近他的背，「上來吧！我背妳回去。」

「等一下……」在貼近他的背之前，我往後退一小步，「你有女朋友嗎？」

「目前沒有。」他微微轉身，「背一個女酒鬼回家，和我有沒有女朋友有什麼關係？」

「我不希望我的任性造成你的困擾。」

「喔？」

「如果因此害你女朋友不開心，這樣我會過意不去的。」

「我懂了，來。」

我打了個呵欠，手輕輕地放在他的肩膀上，「那就謝謝你了……」

「不客氣。」他把我背起來，兩隻手拉了拉我的手，先接過我手上的包包後，要我將雙手繞過他的脖子，「這樣才不會跌下去。」

「是嗎？」

「嗯……除了我爸爸之外，你好像是這個世界上唯一一個這樣背我的人喔……」

「對啊。」我趴在他厚實的背上，感受著他因爲慢慢往前走的步伐而形成某種規律的起伏。

「妳也是第一個我這樣背著的女孩。」

「眞的喔……」我側著臉，將有點發熱的臉頰貼在他背上，「我這樣……被你的粉絲看見的話，會不會挨揍啊？」

「有這麼誇張嗎？」

「哈！毓琪就是這樣告訴我的嘛……」

「她太誇張了，那妳呢？」

「我怎麼樣？」

「被愛慕妳的人看見的話，我會不會挨揍？」

「想太多。」我哼了聲，將臉轉到另一邊，「李梓易啊……為什麼愛神邱比特都這麼愛捉弄人呢？」

「什麼意思？」

「今天，我喜歡的人當著我的面宣布他有女朋友，我失戀了。然後另一個我只當作是好朋友的人，卻對我說了……啊！為什麼愛情這麼複雜、這麼麻煩、這麼辛苦……」

我低吼。

「看來，要是我再淌進這渾水，妳會狠狠地給我一拳吧！」

「你說什麼？」我將下巴靠在他的肩上，「你說什麼渾水？」

他哈哈地笑了笑，「我是說……換個角度想，也許不是邱比特愛捉弄人，而是用另一種方式，讓世間的男女在得到愛情之後，更能珍惜愛情也說不定。」

「你剛剛眞的是要說這個嗎？」

「嗯。」

「那我怎麼聽到什麼渾水的？」

「妳眞的醉了吧。」

「也許……」我又打了個大呵欠，然後貪心地靠在李梓易的背上，雖然僅剩一絲絲未被酒精影響的理智告訴我不該如此，但我還是決定什麼也不管，就這樣任性一點，

「眞的好舒服喔。」

「那就閉上眼睛休息一下吧！到妳住的地方，至少還要走個十分鐘。」

「嗯……」

「到巷口的時候，要不要順便買個紅豆湯？」

我呵呵地笑了笑，「不要……我好飽喔……」

他拍拍我的手，「那就睡一下吧！」

33

李梓易？

因爲口渴，我從睡夢中突然醒了過來。我下床，想喝杯開水，沒想到，昏昏沉沉的我竟被靠在和室椅上睡著的李梓易嚇了一跳。

他怎麼會在這裡？

我抓抓自己的頭，突然想起自己在公園喝醉酒硬要他背我回來的窘態，有一千萬個懊惱不斷在心裡翻騰著。

我拿了上次也拿給他蓋過的小毛毯，躡手躡腳地走向他，不小心踢到一旁的和室桌，發出聲響，吵醒原本睡得很熟的李梓易。

「妳醒啦？」

「嗯……對不起，吵醒你了。」我抱著小毛毯，尷尬又難爲情地笑了笑。

「沒關係，其實我也才剛剛睡著。」他伸了個懶腰，輕輕按摩著脖子。

「爲什麼?」

「因爲妳這酒鬼好像一直做惡夢,我不放心。」

我看了他一眼,卻不知怎麼地,又隨即移開了目光,「謝謝你。」

「我想,我們立場互換的話,妳也會這樣照顧我的。」他溫柔地笑了笑,「妳好一點了吧?」

「好多了,只是頭好暈喔。」

「喝完水,就再繼續睡吧!」他站起身,體貼地拿了書桌上的水杯給我,「明天早上起床後再洗個澡,應該就會舒服一點了,那我先走了。」

「你要走了?」我喝了一口水,看著他問。

「對啊,我總不能繼續留在這裡吧?」他拿了放在一旁的外套,穿上。

「可是……你也喝了酒……」我看了一眼牆上的時鐘,「你要搭計程車嗎?」

「我的機車停在公園那裡,等一下騎機車回去就行了。」

「李梓易,你喝酒了耶!」

「但我沒醉。」

「不行！這樣騎車還是太危險了。」

「我說眞的，我的狀況還好。」

「李梓易！你怎麼這麼固執啊？」我放下杯子，還因爲太用力的關係，發出了不小的聲響。

「不是固執，妳總不能叫我留在這裡吧！」

「可是如果發生什麼……」我皺緊了眉，走到他面前看著他，「唉唷！反正你這樣回去，我眞的不放心。」

「我留在這裡，妳才該不放心吧？」他故意將手放在我的肩上，輕輕地把我往他身邊摟去，「妳不知道酒後亂性這種事情，往往是這樣發生的嗎？」

「李梓易！」我試著撥開他的手，他卻絲毫沒有要放開的意思。

「哈！」他敲了我的頭一記，「看妳緊張成這樣！該不會心裡也在期待……」

「你很下流耶！」

「那妳還讓我留在這裡！」

「我……我只是覺得這麼晚了，你又喝了酒，這樣回去太危險了……」走回床邊，我又抓起放在床上的小毛毯，往他的身上丟，「這給你。」

「喔？」

再抓起一個小抱枕，同樣往他身上丟去，然後我用不容他反駁的命令語氣，「你睡那裡，不准回去。」

「我覺得我被限制人身自由耶。」

「隨便你怎麼想，鑰匙交給我。」我伸出手，掌心朝上。

他又露出了那種很好看的微笑，從牛仔褲口袋裡拿出一串鑰匙，「給妳。」

34

「喂！」我轉過身，看著睡在塑膠地墊上的李梓易，「你睡著了嗎？」

「還沒。」他也翻過身，雙手放在小抱枕上，枕著頭。

「好奇怪喔！剛剛明明很睏的，現在反而睡不著了。」

「嗯……」

「對不起，也謝謝你今天這樣陪我，讓我任性了一整晚。」

「不客氣，話說這不就是朋友該做的嗎？」

「所以我們算是紅豆湯摯友囉！」

「哈！妳想怎麼說都行。」

我又翻了身，和李梓易一樣把手枕在頭下面，沉默了幾分鐘，「李梓易，你還醒著吧？」

「醒著。」

「我已經決定，明天之後，我要徹底把憲竣從我心裡趕走了。」

「不痛嗎？」

「當然痛，不過其實今天在電影院的時候，我想了很多……」想著，忽然哽咽起來，我無法好好地說完話。

「睡吧！別說了。」他轉過身，看著躺在床上的我。

「不！我要說完，我總是要面對的，」我吸了吸鼻子，「其實憲竣努力了好久，終於成功挽回薇婷的心，我是眞的爲他開心，只是開心的強度和我難過的強度相比，是那麼樣的微不足道……哈！」

「我了解。」

「你有沒有像我這樣喜歡一個人，喜歡得這麼痛苦的經驗？」

「有，不過那是很久以前的事情了。」

「是喔……」

「那現在……你有喜歡的人嗎？」我側身，面對正看著我的他。

「妳說呢？」

「我不知道。」我抿抿嘴，「但如果你有喜歡的人，希望你不會像我這樣，喜歡得這麼辛苦。」

「謝謝妳的祝福。」

「和『紅豆湯摯友』之間，還需要這麼客套嗎？」

「也對……」

「程卉曦。」

「幹麼？」我打了一個大大的呵欠。

「希望不久之後的某一天，妳會帶著幸福的笑容告訴我，妳終於明白愛神邱比特的用心。」

「希望囉。」我呵呵地笑了笑，隨即又打了一個呵欠，「李梓易，我睏了。」

「睡吧！別再聊了。」

「嗯……」在暖暖的被窩裡，我閉上眼睛，忘了有沒有和他說晚安，我就沉沉地進入了夢鄉。

35

「好睏喔……」趁著鐘聲響起，老師還沒進教室，把早餐放在桌上後，我就趴在桌子上，睡眼惺忪地向毓琪抱怨。

「程小曦，昨晚都沒睡啊？」毓琪挑高了眉，今天她擦了點紫色系的眼影。

「有啊！只是太晚睡了而已。」我閉上重到不像話的眼皮，臉舒服地枕在外套上，「昨晚和李梓易當了一整晚酒鬼。」

「李梓易？你們的交情什麼時候變這麼好？」

「其實也沒有，」我睜開眼看了毓琪一眼，果然看見她好奇到不行的眼神，然後我又閉上眼睛，「昨天也不知道怎麼了，一個人哭了好久，突然有一股衝動，就打電話給他了。」

「那妳和他在哪裡喝酒？」毓琪壓低音量問我。

「我是在我住處附近的公園打電話給他的，所以就請他順便買幾瓶啤酒過來。」

「是喔。然後呢？有沒有發生什麼……」

我睜開眼睛，白了毓琪一眼，沒讓毓琪繼續說完，「妳不用再想了，沒有發生什麼乾柴遇到烈火的事。」

「眞的？」

「小姐，我是因爲心情不好才找他的耶！」

「說到這個就更離奇啦！妳心情不好，不找我或是阿牧，反而去找一個剛認識不久的人幹麼？」

「我……」我被毓琪的問題考倒，倒吸了一口氣。

眞是個好問題。

對呀！爲什麼在我難過的時候，會想要打電話給他呢？我和李梓易認識的時間並不長啊！

「妳說這其中是不是有什麼隱情呢？」

「什麼隱情？」我皺了皺眉。

「不過小曦……」毓琪挪動了身子，靠我靠得好近，「後來……眞的什麼都沒發生嗎？」

「沒……」我原本想直接反駁，卻突然想起昨天靠在李梓易的胸膛哭了好久，還任性地叫李梓易背我回住處的舉動。

「程卉曦？」毓琪瞇起了眼。

「昨晚喝了酒，在公園的鞦韆那裡，靠在他的懷裡哭了很久，還要他背我回我住的地方，」看毓琪睜大眼睛誇張的模樣，我忍不住懷疑自己昨天是不是太過分了，於是我皺起眉頭問，「毓琪，這樣是不是很不ＯＫ？」

「不ＯＫ？不會呀！」

「眞的嗎？那妳幹麼露出這種誇張的表情？」

「我是驚訝、開心，外加覺得不可思議。」

「妳可眞會形容喔！」我輕哼了一聲。

「後來呢？」

「我混混沌沌的，反正回到住的地方之後，我大概就睡著了吧！」我停頓了幾秒，

「後來半夜口渴醒來，看見李梓易靠在和室椅上睡著了。」

「然後呢？」毓琪還是一副很感興趣的樣子，好像在期待會有什麼戲劇性的發展。

「他說看我沒事。酒也醒了大半，他就要回去了，不過我沒讓他走。」

「沒讓他走？」毓琪雙手合十，「好像偶像劇喔。」

「一點也不是，如果他因爲喝了酒騎車發生意外的話，我想我會責怪自己一輩子，

更何況他是因爲我才喝酒的。」

「也對……」毓琪想了想，點點頭表示同感。

「所以囉！不是妳想像的這麼粉紅色。」看毓琪整個像個洩了氣的氣球，我突然覺得很好笑。

「對了，憲竣後來問我，他說妳吃飯的時候，好像心情不太好，回家的時候就問我妳是不是哪裡不舒服耶！」

「那妳怎麼說？」我緊張地特地看了教室的門一眼，擔心憲竣看到竊竊私語的我們兩人。

「我沒說什麼。沒經過妳的同意，我也不可能和憲竣說什麼啊！」毓琪聳聳肩，很認眞地說：「所以現在妳打算怎麼做？」

「放棄。」我苦笑了一下，「也許沒那麼容易，雖然心裡會難過一陣子，但我還是會努力的。」

「嗯，妳能想開就好，雖然是句老話，但我還是要說，我們現在是『大三拉警報』！妳該爲自己大學的戀愛學分努力一下了。」

「再說吧！」我打了個呵欠，「總得讓我療傷一陣子吧？」

「唉唷！如果身邊有好的對象，妳就多少留意一下嘛……」她比了個「一點點」的手勢，「只要把妳以前注視憲竣的一點點目光移到周遭其他的男生身上，我想妳很快就會成功了。」

「好啦！」不知怎麼的，當毓琪說到這段話時，我想起了阿牧昨晚也說過很類似的話，「毓琪……」

「怎樣？」

「我以爲我把自己對憲竣的感情掩飾得很好，可是沒想到，除了妳之外，連阿牧都看出來了。」

「阿牧也不是傻子好嗎？全世界大概只有林憲竣不知道這件事吧！」

我微皺了眉，「眞的喔？」

「對啊！也許這就是所謂的『當局者迷』。」

說到阿牧，我又想起另一個心情不好的原因。

思考了幾秒，因爲有點難爲情，不知道該從何說起的關係，我猶豫著，「昨天，阿牧……」

「嗯？」

「他……」沉沉地吐了一口氣，其實我不想提起這些，但我也不想隱瞞毓琪。

「他怎樣啦？唉唷！程小曦，妳不要賣關子啦！」

「他好像，喜歡我耶……」我尷尬地看著毓琪。

「他跟妳說了？」毓琪臉上沒有太多的驚訝，只是淡淡地看了我問。

「妳早就知道了？」沒有回答毓琪的話，我直接丟出問句。

毓琪點了點頭，有點無奈的，「早就知道了，阿牧曾經問過我，他如果追求妳會不會有機會，先說喔！是他自己發現妳喜歡憲竣的，我一個字都沒有透露。」

我點點頭，表示了解，「那妳怎麼回答他的？」

「我說我不是程卉曦，我不知道。」毓琪嘆了一口氣，「愛情這種事，畢竟是很難說的。」

「整個好複雜喔……」

「妳才知道妳身陷在多麼複雜的網絡裡啊！」

「可是……」我嘆了一口氣，「我怎麼會這麼蠢，一直以來，我都以為阿牧對我的好，就只是出於哥兒們之間的義氣，沒想到是因為這樣。」

「程小曦，妳不覺得阿牧與妳之間的關係，就像妳和憲竣嗎？」

「嗯？」

「很像對吧！」毓琪挑了挑眉。

我想一想，正好看見從教室門口走進來的憲竣和阿牧，「唉，我怎麼突然覺得，因為我一直忽略阿牧對我的好，所以老天才派來薇婷和憲竣在一起，要來懲罰我的呢？」

「孩子，妳會不會想太多了？」

「是嗎？」看著毓琪，我微微地笑了。

36

「那今天晚上我和毓琪會把大家的資料統整一下，整理好資料的電子檔後，先寄電子檔給大家看，等大家都確認沒問題了，就送列印囉！」

「OK，辛苦你們了。」

「對呀！」阿牧將視線從我臉上移開，看了看毓琪，再看向憲竣，「還需要補充什麼的話，再告訴我們。」

「沒問題。」

「那就這樣囉！」毓琪露出勝券在握的笑容，把桌上的資料收進資料夾裡。

「喔，散會之後，要不要一起吃個飯再回去？」阿牧提議。

「不行啦！我剛剛就說啦！今天要和麥可去看電影。」毓琪皺了皺鼻子，「阿牧都沒有注意我的動態。」

「哈！抱歉啦！那……憲竣跟小曦呢？」

「阿牧，抱歉，我答應今天要陪薇婷去市區逛街，所以……」憲竣笑了笑，「小曦呢？不然妳和阿牧去吃好了。」

「我……」我本來想拒絕的，卻因爲憲竣丟過來的難題遲疑了一下。

「還是妳有其他的事，那就改天吧！」阿牧聳聳肩，很溫和地說。

「啊！不然我問問看薇婷，說不定她也會想和你們一起吃飯，這樣，吃完晚餐，還可以一起去逛逛呢！」憲竣又露出了那種溫柔和煦的微笑，「就這麼說定囉！我待會兒打個電話告訴她，徵求她的同意。」

「嗯。」阿牧停頓了幾秒，「我都ＯＫ，小曦呢？」

「我……」低下頭，我看著自己的手指，由於不知道該怎麼拒絕這一切，我陷入了極大的爲難裡。

因爲很喜歡和他們相處，平常只要大家提議要聚餐，無論如何我都會排除萬難參加，萬一此刻我這麼堅決地表示不想去，我想，再怎麼遲鈍的憲竣也可能會察覺到我的異樣。但這樣的狀況，我實在不知道應該怎麼應對。

「怎麼了？還是有其他的事情？」

毓琪顯然察覺了我的爲難與不安，跳出來替我解圍，「對喔！我差點忘了，剛剛妳不是說很累，想直接回家休息嗎？」

「呃……是啊！」我愣了一下，隨即恍然大悟。

「那，不然就改天吧！」原本憲竣臉上的溫柔微笑被失望取代，「本來想說可以讓薇婷多認識你們的。」

「以後有的是機會不是嗎？」阿牧呵呵地笑著，「況且小曦也累了，就改天吧。」

不知道是不是我多心，我覺得自己意外地看見憲竣對阿牧皺了皺眉，像是對阿牧傳達了什麼的眼神。

37

往常，我和阿牧也很有話講的，但是，今天和阿牧一起走到停車場的路上，突然不知道該說些什麼，所以大部分的時間，乾脆什麼也不講，只是這樣默默地走著，假裝對校園裡男男女女的穿著感興趣。

有好幾次，我都試著亂找話題，想像以往一樣天南地北地聊天，但每開一個話題，都會讓我不太自在，因爲一看見和我並肩走在一起的阿牧的側臉，他那種帶著哀傷情緒的表情，低頭看著我對我……呃……應該可以算是告白的情景，就會很快佔據我腦海，讓我不知所措。

「小曦，妳在生我的氣嗎？」阿牧直接打破了我們之間的沉默……與尷尬。

「啊？」我的心少跳了一拍，該來的還是來了。

「如果是的話，我向妳道歉。」

「其實沒有，只是一時之間，我不知道該用什麼樣的態度與你相處罷了，不是你的問題，是我自己還沒調整好心情，所以……對不起……」我嘆了一口氣，低下頭，踢了一腳人行步道上的小石子。

「害妳捲入了這麼混亂的情緒裡，在妳因爲憲竣……」他沒把話說完，「我從沒想過要在那樣的情況下告訴妳，總之，我很抱歉。」

「阿牧……」我吸了一大口氣，不知哪來的衝動告訴我，應該趁現在和阿牧把話說清楚，「對不起，我想我對你……嗯，我想我會永遠把你當作好朋友，我……」

「嗯。」

「請原諒我必須把話說得這麼明白，因爲我很了解，『放棄』除了需要很大的決心，有時候還需要好朋友或是心裡在意的那個當事人給你力量。」此刻說到「好朋友」這三個字的時候，我想起了李梓易。

有兩個多星期沒看到他了，他好嗎？

「哈！我懂了。」阿牧又笑了笑，但在他苦澀的笑容裡，我覺得我也看見了他的釋然，「其實在妳每次看著憲竣的時候，我就大概察覺了，我可是很努力慢慢收回對妳的情感，告訴自己要慢慢放棄的喔。」

我給了阿牧一個甜甜的微笑，「所以我們一樣是好朋友嗎？」

「不是，」阿牧輕輕地敲了我的頭，「因爲我們是永遠的好哥兒們。」

「爲我們的好哥兒們的感情，乾杯。」我走到他面前，面對面看著他，假裝舉著杯子。

「乾杯！」用握拳的手輕輕撞了撞阿牧的手之後，我又走回阿牧的身側，繼續往前走。

「小曦，妳會讓憲竣知道妳對他的感覺嗎？」

「不會。」我說。

「眞的啊？」

「至少現在不會，但搞不好未來事過境遷，心再也不痛了，會忍不住告訴他吧！」

「爲什麼不選擇現在告訴他？」

我呵呵地笑著，「因爲現在他是全天下最幸福、最開心的人，這種微不足道的小事，我不想去煩他。」

用微笑表示了他的了解，在走了幾步路之後，阿牧停在停車場的入口，「我車子停在這一區，眞的不一起吃飯？」

「我的車停在前面，改天吧！」

「嗯，拜拜。」

「拜拜！」揮揮手，我繼續往前走，然後轉身叫了阿牧的名字。

「怎麼了？」他挑著眉，問我。

「謝謝你曾經這麼喜歡我。」帶著微笑，我再次揮揮手，轉身往前走去。

這是這一陣子以來，我笑得最開心的一次。

我想是因爲自己已經能夠漸漸收回對憲竣的情感，也因爲和阿牧把話都說清楚了的關係。

程卉曦，妳已經好沒有帶著這麼好的情緒向這個世界微笑了呢。

38

「突然想念我喔？」

「想念你？」我冷冷地哼了一聲，「李梓易你臭美。」

「那幹麼突然打電話給我？」

「因爲本姑娘今天心情好，不是還欠你九次紅豆湯嗎？總要安排一些時間來慢慢還債吧！」

「妳還記得紅豆湯的事喔？」

「當然，就跟你說過了，我還是懂『願賭服輸』這個道理的。」

李梓易舀了一口紅豆湯，放進嘴裡，「好，我知道妳不會賴帳。」

「知道就好。」我噘了噘嘴。

「所以這次喝完還有八次唷。」

「沒問題。」我白了他一眼，「早知道就不要隨便和你打賭。」

「哈！大錯已鑄成，就認命償還吧。」

「知道啦！喔！對了，今天憲竣和毓琪會把大家的書面資料統整好，明天就會把整理出來的電子檔寄給我們看，如果沒有錯誤或是要修正的地方，就可以直接送印囉！」

「ＯＫ，了解，和你們做報告眞是幸福，好像沒花什麼力氣就完成了。」

「你也付出了很多呀。」我舀了一匙紅豆湯，發現湯匙裡有一顆花豆，我把花豆挑了出來，放在桌上的一張面紙上。

「這兩個多星期過得好嗎？」

我白了他一眼，「你覺得呢？失戀的人能有多好？」

「所以，」他挑著眉問我，「還有藉酒澆愁囉？」

「完全沒有。」

「眞的假的？妳不是貨眞價實的女酒鬼嗎？」

「李梓易，不好笑！而且我不是女酒鬼，我是貨眞價實的大美女。」

「哈哈！眞的很好意思說喔！」他看著我，笑得十分陽光。

「幹麼！不認同喔？」

「我怎麼會不認同，我不認同的話，我想我的眼光應該就有點問題了，畢竟妳可是公認的會計系美女之一耶！」

「會計系美女之一？」我睜大了眼睛，「你少誇張了，我只是林毓琪大美女身旁的綠葉而已。」

「過度的謙虛就是虛僞喔！」他笑笑的，但因爲想閃躲我揮出去的拳，所以僵住了他的笑容。

「快吃啦！」我白了他一眼。

「嗯。」他舀起一匙紅豆湯，然後看著湯匙裡的芋圓，「程卉曦，老實說，看見妳慢慢走出來，我還滿開心的。」

看著他誠懇地說出了這段話，我內心突然揚起一陣溫暖，「謝謝你，可能因爲下定決心了，要強迫自己快點忘記，加上最近去報名了報考研究所的課程，有了努力的重心，所以才能這麼順利吧！」

「總之，很替妳開心。」

「謝謝，」我笑了笑，看著李梓易好看的五官一眼，「也許是你家鄉的獨門祕方，趨吉避凶招來好運紅豆湯，爲我帶來這麼多的幸運喔！」

「哈哈！」他哈哈地笑了。爽朗的笑聲裡，好像藏著一點點奇怪的情緒。

「李梓易，我說得很認眞耶！有這麼好笑嗎？」

「沒……」

「你到底在笑什麼啦？」

「沒事……沒事啦！」他又哈哈地笑了。

「李梓易！賣什麼關子啦！」我低吼。

「紅豆湯的神力對妳來說，眞的很有效果對不對？」

「嗯啊！」

「好吧。」他聳聳肩，「那就這樣吧！」

「你不坦白說的話，我就要生氣囉！」放下湯匙，我舉著拳，停在半空中，用很具威脅意味的眼神看著他。

「好啦！」他的眼角，又因爲他的微笑微微地瞇成了一條線，「不過先說好，讓妳知道我在笑什麼之後，一樣不准生氣喔！」

「好。」

「一言爲定?」

「OK!一言爲定!」我很豪邁地,「說吧!」

「其實紅豆湯的傳說,是我掰的。」

原本表現得很豪邁,講好不管他說什麼我都可以欣然接受的我,一聽到他說的話,我當場還愣了一秒鐘,「你說什麼是掰的?」

「故鄉的獨門祕方傳說,紅豆湯這件事,」他瞇起眼,賊賊地笑了,「都是掰的。」

「全部?」我拔高了音調,「從一開始……關於紅豆湯的所有?」

「全部。」他看著我。

「李梓易!」

「哈!剛剛說好不生氣的喔!」

我瞪了他一眼,因爲顧及面子,只好勉強把想要罵出來的話壓抑下來,「李梓易!」

「好啦！其實第一次喝紅豆湯的時候，我就想跟妳講啦！可是看妳這麼認眞，我又不知道該從何講起，只好把話吞回來嘛……」

「哼。」

「好啦！不然紅豆湯的次數折半。」

「可是我覺得，折半之後剩下的換你請我，這樣比較對。」

「妳都這麼說了，我還敢拒絕嗎？」

我帶著笑意，瞪了他一眼，「很好，還滿識相的。」

「在妳面前，怎麼能夠不識相？」

「什麼意思？」

「不然怎麼追得到妳？」他溫柔地笑了，眼角又瞇成了一條線。

「喂！李梓易！開玩笑的吧？這種玩笑不好笑喔！」我看著他，凶巴巴地反駁，但不知道是不是我的錯覺，我發現我的心，好像因爲他的話，起了一點點不知道摻雜了什麼情緒的漣漪。

是喜悅或是開心嗎？或者只是單純的驚訝？

「妳說呢？」

「說什麼說？」我狠狠地瞪了他，正在思考該用什麼話語詢問他時，他的手機響了起來。

「我接一下電話，」見我點點頭，他按了接聽，「喂？」

喝著紅豆湯，我靜靜看著正小聲地講手機的他，腦子裡竟開始胡思亂想了起來。

其實他眞的是一個長得很帥的男孩子，運動神經發達，課業方面感覺起來也表現得不錯，做報告的時候滿認眞，一切的一切都在標準之上，也難怪毓琪把他說得這麼棒，因爲客觀來看，他的確是個不折不扣的帥氣男孩，甚至說是女孩們心目中男朋友的理想型也不爲過。

奇怪，和他認識也有一段時間了，怎麼到現在才發現他這些優點呢？

突然間，我想起阿牧之前說我眼裡只有憲竣的話。

「這樣也太……好啦！我等一下就去找教練。」他講電話的音量，比原先大了一些，微微皺著的眉，更看出他的不悅，「先這樣，拜。」

看他結束通話，我盯著他皺起的眉頭，「怎麼了？」

他禮貌地對我笑了笑，「有一些隊上的事情。」

「不要緊嗎？」看他似乎很在意的樣子，我突然有點擔心。

「唉！沒什麼啦！原本排定由我去比賽的場次，教練剛剛突然宣布換人。」

「爲什麼？」

「就是上次……」話沒說完，他停頓了幾秒，好像在思考或猶豫該怎麼回答我，「我們教練就是這樣，很情緒化，沒事。」

「眞的嗎？」我不放心地問他。

「嗯，不過等一下我要去找教練談一談就是了。」

「那快去吧！」

「等妳吃完。」

「不用啦！」我揮揮手，「你快去，記得告訴我結果，希望能聽到好消息喔！」

「那我先走了。」說完，李梓易就背起背包離開。

39

「那你比賽也加油。」進餐廳之後，毓琪講了約莫五分鐘的電話，「好啦！先掛電話囉！咦？對了，那梓易呢？所以他應該也參加比賽囉？喔……好，拜。」

「柏志打來的？」

「嗯。」

「雖然知道妳有男朋友了，但感覺起來柏志還是很努力喔！」

「沒有啦！」毓琪聳聳肩，「自從知道我和麥可交往，他其實就沒有再跟我說過有關追求的話了，和我就像朋友一樣相處。」

我點點頭，突然想到剛剛毓琪提起李梓易，「那李梓易也會去比賽嗎？」

「柏志說沒有耶！」毓琪皺了皺眉，「我覺得這很奇怪，李梓易是比賽的常勝軍，這次的校際盃比賽怎麼可能沒讓他上場？」

對於游泳校隊的比賽，我完全不了解，也沒關注過，但也許是出自對李梓易的……

關心，我很想知道究竟發生了什麼事，「那剛剛妳問柏志，他怎麼說的？」

「他可能在休息室，不方便多說吧！」

「是喔……會不會跟昨天李梓易去找教練的事情有關……」

「小曦，妳在喃喃自語什麼呀？」

「沒有啦……昨天和李梓易去吃紅豆湯的時候，他也接到柏志的電話，好像說要去找教練什麼的，」我回想了一下當時李梓易的樣子，「雖然他還是笑笑地和我說話，但我知道那應該只是他不想讓我擔心，所以才擠出來的笑容吧！」

「是喔？」

「昨晚本來想打電話問他結果怎樣的，但我不小心睡著了。」我皺了皺眉，覺得有點懊惱，心裡甚至有一點點責怪自己幹麼不堅持一下。

要是昨天記得先撥一通電話給他，或許就知道是怎麼一回事了。

「唉……」

「我想李梓易一定很在意能不能參加比賽。」

「當然啊！爲了比賽，平常這麼認眞練習，比賽前夕突然被換掉，誰會不沮喪？」

毓琪看著我，不滿地啐了一聲，「眞不知道他們教練在想什麼。」

「還是……」我想了想，「還是有比李梓易實力更棒的人，所以……」

「拜託，程小曦，我是不知道別人的實力啦！但李梓易得過的金牌鋪在地上，可能都比妳現在住那間套房的磁磚還多呢！」

「那到底是發生了什麼事？」我嘆了一口氣，看了放在桌上的手機一眼，終於忍不住拿起手機，從通話選單裡找到李梓易的電話，「我覺得我還是打電話問問他好了。」

手機接通，正在等待李梓易接聽時，帶著薇婷一起過來的憲竣以及阿牧也正巧走進店門口，朝我們揮了揮手。

響了很久，最後轉進語音信箱。我又按下重新撥號再次撥打，但結果還是一樣。

「怎麼了？」憲竣一坐下，在我正撥出第三通的時候，關心地問了我。

「小曦要打電話給李梓易啦！」毓琪替我回答，「剛剛聽柏志說他們教練這次取消了李梓易參賽的資格，小曦擔心李梓易，所以想打電話關心一下。」

看我結束了通話，將手機放在桌上，阿牧關心地問，「都沒接？」

「對啊！完全沒接。這李梓易到底在搞什麼。」

「也許在上課也說不定。」阿牧指了指他手上的錶。

「或許吧！」我抿抿嘴，「那點餐吧！肚子有點餓了。」

「嗯。」

大家瀏覽著自己桌上的菜單，看著上面的餐點照片討論著。而常到這家店光顧的薇婷，也提供了幾道值得試試的好料理。平常對於這種簡餐的餐點很難抗拒的我，此刻看著菜單上讓人垂涎三尺的照片，卻完全勾不起食慾。

是因爲李梓易的關係嗎？

我此刻心情確實繞著李梓易打轉，說與他無關其實有點自欺欺人。只不過，爲什麼我要這麼關心他的一切？

「那個……」我闔上精美的菜單，好朋友們全都抬起頭看著我。

「怎麼了，小曦？」

「我覺得，我還是去找一下李梓易好了。」將桌上的手機收進包包裡，「我有點不放心。」

「小曦，不吃完再去？妳知道他在哪裡嗎？」

「不了。」我拉上包包的拉鍊，「我大概知道他會在哪裡。」

「去吧！」坐在我身旁的阿牧輕輕地拍了拍我的肩，帶著很體諒的微笑，「對了，騎車要小心，外面好像開始飄雨了。」

「我會的。」我站起身，和大家道再見之後，便往門外直奔而去。

40

從簡餐店離開時，我再打了一通電話給李梓易，但是等待鈴聲響了很久，結果還是和剛才一樣，因爲對方太久沒有接聽，又換成了提醒我即將轉入語音信箱的人聲。那標準的國語，通知我即將轉入語音信箱。

我騎著我的小綿羊機車，用比平常快十幾公里的速度往學校前進。我一邊騎，我的直覺一邊告訴我，現在李梓易一定心情很差，心情差的時候，除了紅豆湯，我想他應該會到他系館樓上的祕密基地才對。

就像那天，我心情不好的時候，他帶我去祕密基地一樣。

對！紅豆湯。

去學校之前，我特地先繞路回我住處的街口，買了兩碗綜合口味的紅豆湯，再急急地出發到學校。

雖然上一次自信滿滿地向李梓易誇口，讀到大三，校園裡沒有哪個角落我沒去過，但走進不熟悉的系館大樓，加上上次來的時候是晚上，我記不太清楚應該從哪個樓梯上樓，在四樓繞了好久，最後才憑藉著一點點微薄的印象，找到上次李梓易帶我走的那個樓梯口，趁著上課時間，我偷偷摸摸地等三三兩兩的同學路過，才快快跑上樓，緊張到手心冒汗地將鐵門推開。

一推開門，我心裡因爲鐵門沒有上鎖而閃過一絲竊喜，因爲這代表了李梓易有可能眞的在這裡，所以門才沒有上鎖。我帶著漸漸雀躍的心情，甚至已經做好即將看到李梓易的準備。但是當我走出去，沒有在上回和他一起看夜景的位置看見他時，一絲絲失望的心情掠過，心裡還是期待能在某個角落看見他。當我繞過門口比我高出很多的牆，眼前看見的景象，讓我原本往前邁出的腳不自覺地向後退了一步，接著我就像被強力膠黏住一般定在原地。

躲在門口的牆邊，腎上腺素急速分泌，我的心臟「怦怦怦怦」地跳得好快，呼吸也快到一個極點。我一手拿著紅豆湯，一手壓著胸，突然有一種無謂的擔心，擔心會被李梓易以及抱住她的那個女孩發現我的存在。

應該要趁著沒被發現的時候，悄悄地逃走吧！可是不知道為什麼，明明有一種很強烈的心情，知道自己一刻也不想留在這裡看見他們兩個人親密的畫面，卻又有一種莫名的情緒，促使自己繼續留在原地，不願離開。儘管我眞的很擔心自己知道更多我根本不想知道的事情，儘管我也擔心他們發現我的存在時，我們會尷尬成什麼樣子，但我就是好想一直站在這裡……

程卉曦，妳想確定或是知道更多什麼嗎？

「走吧！」李梓易的聲音低沉地說著。

「梓易……」女生的聲音很好聽，但此刻聽進我的耳裡，成了一種刺耳的感覺。

「如果妳不想走，我就先下去了。」李梓易停頓了幾秒，「喔！對了，妳要走的時候，記得門要上鎖。」

李梓易說話的聲音好像離我愈來愈近，我的心跳跳得更快，趕緊沿著牆邊繞過鐵門，躲在一旁的角落。

「我跟你一起下樓吧。」

「嗯，那走吧。」

李梓易的聲音，感覺起來離我不到三公尺，然後，就在我還來不及反應時，「咚」地一聲鐵門關上，加上上鎖聲，才讓我察覺了自己正處於某個危機當中。我連忙跑到鐵門前，舉起手準備用力敲門，又擔心可能必須面對李梓易以及那個女孩的尷尬場面，手就這樣舉在半空中，始終無法乾脆地敲下去。

而我就站在這頂樓的鐵門前，呆愣了好一會兒，最後走到上回和李梓易一起看夜景的位置，靠著牆坐，眼淚不自覺掉了下來。

那一瞬間，我甚至痛恨自己爲什麼直覺這麼敏銳，如果沒有想到李梓易會在這裡，那就不會看見這讓人尷尬又難過的一幕。如果不要這麼衝動，繼續留在簡餐店和大家一起吃飯，此刻就不會被困在這只來過兩次的頂樓，也不用一個人孤單地提著兩碗紅豆湯，坐在這裡難過地流眼淚。

等一下！爲什麼我會這麼難過，不斷地掉眼淚呢？而且爲什麼現在我除了難過之外，心裡還有酸酸刺刺的感覺呢？

那個女孩……是李梓易的女朋友嗎？爲什麼會和李梓易抱在一起呢？他們之間又是什麼關係？原來，李梓易一直都是有女朋友的？

唉……嚴格說起來，我和李梓易之間什麼都不是，說穿了，也不過是這學期恰巧修了同一門通識課程，還一起做了一個團體報告而已，他和哪個女孩抱在一起，甚至要和哪個女孩怎麼樣，和我程卉曦又有什麼關係呢？

我嘆了一口氣，發現連自己都愈來愈不了解自己在想什麼了。

將下巴靠在弓起的膝蓋，我的眼淚還是一滴一滴不停地落下，漸漸滴濕了在膝蓋部位的牛仔褲。

隨著不斷落下的眼淚，我想通了一件事。

我終於想通了此刻心情這麼刺、這麼痛的原因，想通了自己爲什麼這麼在意李梓易和那個女孩的關係，也想通了隱藏在內心深處的感覺。

41

坐在牆邊，我哭了好久，直到一陣風吹過來，我冷得打了一個哆嗦之後，抬起頭才發現，此時天色已經因爲太陽逐漸下山而暗了下來。我看了一眼手錶，這才驚覺已經下午五點多了。

我站起身，因爲維持同一個姿勢太久，雙腿正微微地發麻著。我敲了敲雙腿，帶著一絲絲的期待走到鐵門前，天眞地希望李梓易他們離去時，並沒有把鎖關得太牢。我用力地將鐵門又推又拉，試了好幾分鐘，終於發現我所做的一切都是徒勞無功的蠢事，於是又嘆了一口氣，失望又無力地走回剛剛的位置坐下，在心裡暗自責罵自己這一連串無知的行爲。

從擔心李梓易而猛打電話給他開始，我捨棄簡餐店的美食誘惑，特地繞去買紅豆湯給他，自以爲直覺很準地跑來頂樓，最後不知道爲什麼要繼續留在這裡，而不選擇悄悄離開，這一連串的無知行爲，在在都讓我後悔與懊惱。

後悔歸後悔，懊惱歸懊惱，此刻天色愈來愈暗，一陣陣吹來的風也似乎愈來愈涼，我告訴自己，現在應該把注意力放在「該怎麼離開這裡」的重點上才對。我拿出手機，決定打電話給毓琪，看看她能不能到這裡來幫我開個門。

打了兩通，毓琪都沒有接聽，我只好又撥給阿牧，很巧地，也得到了相同的結果。是因爲沒有注意到手機鈴聲嗎？

我緩緩地吐一口氣，在通話選單裡看見憲竣的名字，因爲猜想他應該和薇婷在一起，我實在不想打擾他們的相處，但是阿牧和毓琪都沒有接電話，現在我到底應該怎麼辦呢？

打給學校的警衛室，請警衛先生來幫我開門嗎？這樣一來，我不就是違反校規了？又猶豫了一會兒，我決定按下憲竣的電話。

通了！接聽了！

「喂？」我很開心。

「喂？小曦……」憲竣的聲音很小，幾乎是用氣音在說話，不過，很快就因爲收訊不太好而斷線了。

正在我覺得奇怪，猶豫該不該重播一次時，我的手機收到了憲踆傳來的簡訊，簡訊裡說他們全部正在看電影，才剛開演沒多久，電影播完後大約八點多，他再回電話給我。於是我立刻按了回覆簡訊的按鍵，想請他們看完電影後，再到李梓易他們系館頂樓幫我開個門。

但簡訊才打到一半，發現手機上顯示了才五點三十四分，害得我又猶豫起來，最後又把打了一半的簡訊全部刪除。

唉……到底應該怎麼辦？

在我再次陷入無盡的猶豫時，我又收到了毓琪的簡訊，很顯然她並不知道憲踆已經傳了簡訊給我，因為她先在簡訊裡告訴我他們正在看電影，然後不忘問我是不是有事。

我遲疑了幾秒，雖然覺得毓琪似乎是此刻唯一能幫助我的人，但要是我現在告訴毓琪我的處境，非常重視朋友的她一定會立刻飛奔過來，這樣害得她沒把電影看完，我實在有點過意不去。

不然，就等接近八點的時候再傳訊給毓琪吧！

哈啾！哈啾！

我揉揉鼻子，因為傍晚的風微涼，我連打了兩個噴嚏。於是我拉上外套拉鍊，站起身，走到感覺起來可以阻擋一些風的角落。才剛坐下不久，手機鈴聲正巧在這時候突然熱鬧地響起。

我心想，應該是毓琪吧！看了手機螢幕，卻看見手機螢幕顯示著「李梓易」三個字。

握著手機，沒料到撥電話的人會是李梓易，我任憑手機連續響起了兩次，直到第三次響起，我吸了一大口氣，才按下接聽鍵。

「喂？程卉曦，妳找我喔？」李梓易的聲音和往常一樣爽朗。

「原本是。」

「找我什麼事？是不是要請我喝紅豆湯？」

「不是。」我冷冷地說，瞥了一眼放在一旁的兩碗綜合紅豆湯，心裡不禁覺得有點委屈，眼眶又迅速地泛淚。

「不然呢？」

「沒事啊。」

「妳吃晚餐了嗎？」

「還沒。」

「那要不要一起吃晚餐？吃飽再來一碗綜合紅豆湯，妳覺得怎麼樣？」他興致勃勃地提議，「今天都我請客，要不要？」

「不用了，哈啾！」我揉揉鼻子。

「確定嗎？我發現一家新開的簡餐店很不錯唷！不去妳一定會後悔，我們班上的同學去過一次，一直誇獎耶！妳在哪裡，在住的地方嗎？我去……」

「李梓易，你很煩耶！我說不要就是不要。」我打斷了他的話，毫不掩飾我不高興的語氣。

「程卉曦，妳怎麼了？」

我擦掉原本在眼眶裡滾著的眼淚，「我沒怎麼樣。」

「程卉曦？」

「我沒事，我只是不想跟你去吃晚餐而已，況且你也不一定要跟我去吃，不是嗎？剛剛跟你在一起的女孩呢？你可以和她一起去吃啊！」話說出來時，我心裡有點詫異，而且甚至沒想到這樣摻雜著酸澀感受的情緒，竟然讓自己把話說得這麼直接。

「什麼女孩？」

「……」

「妳在哪裡？」他停頓了幾秒，聲音聽起來好像有點著急。「妳在祕密基地？」

「怎麼可能，哈啾。」我將外套的拉鍊拉到最高。

「是嗎？」

「你眞的管很多，從剛認識你現在，你怎麼都這麼愛管閒事啊！」說完，我按下結束通話鍵，並且關了機。

此刻，我被滿滿的醋意填滿，似乎已經無法用理智的態度來面對他。爲了避免繼續說出不理智的言語，所以我選擇掛斷電話。

就等八點的時候，再請毓琪來幫我開門吧。

42

「咚」的一聲，鐵門在我沒料到的一刻被推開來。我還以爲在我打電話向毓琪求救之前，這扇門不會再被打開了，所以一聽到門開的聲音，擔心開門的人沒有發現我，或者又立刻把門關上，我趕緊抓起放在地上的手機，準備起身時，站在我眼前的那個人也讓我大大地驚訝了一下。

「妳果然在這裡。」李梓易低著頭，伸出手要拉我，並用他低沉的聲音說著。

我拉住他的手，站起來，「你怎麼知道我在這裡？」

「因爲妳說了什麼女孩的，而且我從電話裡聽到風聲很大。」

「喔……」我尷尬地笑了一下，突然不知道該用什麼態度面對他。

「走吧。」

「嗯。」我冷冷地回應。稍微按摩了一下發麻發痠的雙腿，然後要將放在地上的紅豆湯提起來時，他在我之前搶先提了起來。

「我來提就好。」他很溫柔地說：「妳是特地買紅豆湯來找我的？」

「是又怎麼樣？我打了很多通電話給你，但你都沒接。」也許是心裡那股翻騰的醋意驅使，我的語氣變得凶巴巴的，態度也不自覺地變得連我自己都不喜歡。

「抱歉，下午我去泳池游泳，所以沒接到電話，到這裡來之前，也都沒有注意手機的未接來電。」

「喔……」我吸了一口氣，聽到他說「到這裡來」的話時，那個女孩抱著他的畫面，再度在我腦海浮現，「反正也不重要，走吧！我想快點離開這裡。」

「好。」他嘆了一口氣，然後往鐵門的方向走去。

我就這樣跟在他後頭，盯著他手上的那袋綜合紅豆湯。

「程卉曦……」他原本走在我前方，突然停下腳步，轉過身來，低頭看著我。

「幹麼突然停下來？」我差點撞上他，趕緊跟著停下腳步。

「妳在生氣嗎？」

我將目光從紅豆湯移到他的臉上，「如果我說是的話，那又怎樣？」

「我會向妳道歉。」

「向我道歉？」我冷冷笑了笑，「但是連我都不知道我有什麼立場要你向我道歉，那你要道歉什麼？」

他聳聳肩，「所以，剛剛我和……她在這裡的時候，妳也在？」

「是啊。」

「那妳怎麼不叫我？還讓我把妳鎖在這裡？」

「李梓易，那種情況我要怎麼叫你？」我拔高了音調，怒氣沖沖地看著他，「最好是你們浪漫到一半，然後我突然跳出來說『嗨！李梓易，你是不是心情不好？我們來喝紅豆湯招來好運吧』這樣。」

「事情不是妳想像的這麼一回事。」

「不然呢？我都已經親眼看見你和她抱在一起了，還有可能是哪一回事？我也已經大三了，這些事情，我想……哈啾！」話還沒說完，我就連打了兩個噴嚏。

他脫下外套，體貼地披在正揉著鼻子的我肩上，「先穿上吧。」

「不要。」我倔強地想將外套拿下來，卻被他有力量的大手抓住了手腕，讓我無法得逞。

「穿上。」

「你眞的很多管閒事。」我試圖拉開他握著我的手，但沒有辦法成功。

「穿上。」他又說了一次。

「李梓易！」我瞪他，又因爲想打噴嚏的關係，我摀住了嘴。

「如果感冒了，可能就沒那個力氣吵架囉！妳應該不想吵輸我吧！」

「想太多。」

「穿上吧！」

我白了他一眼，沒有回應他半句話。但因爲一陣冷冷的涼風吹來，讓我決定還是穿上他的外套比較保險，別跟感冒病毒過不去才是明智之舉。

「程卉曦，妳剛剛是不是又哭了？」和我距離很近的他，突然皺了眉問我。

「誰說我哭了？」

「眼睛，紅紅腫腫的。」

「別亂猜。」拉上他大外套的拉鍊，我想繞過他直接走向鐵門，卻被他拉住了手。

「喂！」

他施了點力道拉了我一把，將我拉回到他面前，然後他嘆一口氣，「程卉曦……」

「你幹麼？」我緊皺著眉，不高興地看著他，但因爲和他太靠近，我的心跳速度愈來愈快。

「那個女孩，是我們游泳校隊的經理，教練因爲……」他停頓了幾秒，「教練臨時把我從比賽名單裡抽掉，我心情眞的很不好，想到這裡來靜一靜，我不知道她怎麼會跟我上來的。」

「喔？」我刻意忽略持續變快的心跳，抬頭看著他，「所以，連怎麼和她抱在一起的，你也不知道囉？」

問出這些話時，我心裡閃過一絲後悔，以及一點點覺得自己不自量力的氣惱。

話說完的那一剎那，我突然發覺自己根本沒有任何立場可以問這樣的問題，更沒有立場可以要求得到他的答案。

程卉曦，妳又不是李梓易的誰，妳有什麼資格問他這樣的問題呢？

但此刻，我爲了顧及自己的面子，還是在他面前故意理直氣壯的樣子，雖然我心裡一點也不理直氣壯。

「是她主動抱住我的，我完全沒有伸手抱她。」他很耐心地解釋著。

「是嗎……」我喃喃自語，腦中回想著自己看到的那一幕情景，一種酸酸的感覺又浮了上來。

「那妳想想看，是不是妳上來看到她抱住我不久後，我們就離開了？」他很認眞地問我。

「嗯。」

「原本我還想在這裡待一整個下午的，因爲她的出現，只好先離開了。」

「是這樣嗎？」我小聲地問他，突然有一種無力的疲倦感襲了上來，然後我打了個大呵欠，「我們先下去吧！我突然覺得好累。」

「好，那妳願意相信我嗎？」

我又打了個大大的呵欠，「我不知道，但我現在突然覺得……覺得……心情有點複雜，而且……哈啾！」

「程卉曦，妳該不會感冒了吧？」他擔心地將他的手放在我的額頭上，「好像眞的有點發燒了。」

「沒事的。」我疲倦地笑了笑。

「走，我們先走吧！」

43

「啊！」我尖叫了一下，坐起身來，發現額頭上的毛巾因此掉了下來。

「妳怎麼了？」看到在床邊焦急地看著我的李梓易，我才想起這一切到底是怎麼回事。

從系館離開之後，到校門口停車場的一段路，我發現我愈走愈累、愈走愈累，最後在李梓易的堅持下，他要我先將機車停在停車場，讓他先載我去看個醫生，再送我回住的地方。

而當我看完醫生，還在診所吃了一包藥，回到住處，就似乎無法再抵抗全身的疲倦無力感。我請李梓易自行離開之後，我就直接躺在溫暖的床上，迅速進入溫暖的夢鄉。

我昏昏沉沉睡著了，原本做了一個很棒很美的夢，夢見自己和李梓易開心地吃著街口那家紅豆湯，不知道聊了什麼，兩個人笑得十分開心，卻在他慢慢地靠近我，而我好像也期待著他……咳……吻我的時候，那個在祕密基地出現的女生，突然一把推開我，惡狠狠地對我露出勝利的笑容，害得我從甜美的夢中驚醒。

「妳還好吧？做惡夢囉？」李梓易拿起掉在床邊的毛巾，很溫柔地問我。

「嗯……你怎麼還在這裡？」

「我總不能放一個感冒發燒的人不管吧？」他抿抿嘴，將毛巾放進裝了水的臉盆裡，然後拿起來，用力扭乾。

「已經好多了。」

「再躺一下吧！」

「不用了，真的好多了。」我挪動身子，微微轉身看李梓易，想起剛剛的夢。

「好吧！」他聳聳肩，把原本扭乾了的毛巾放回臉盆裡，「對了，妳剛剛做惡夢了嗎？」

「嗯。」

「妳想吃什麼晚餐？我去幫妳買回來。」

「我不餓。」

「程卉曦！」

「我眞的不餓。」

「不然，我把紅豆湯用妳的電磁爐熱一熱，我們一起吃掉好不好？」他指了指我放在一旁櫃子上的電磁爐，也許看我閃過一絲猶豫，他說：「不然放著也是倒掉，這樣很浪費耶！這樣往後驅邪避凶招來好運紅豆湯的效果會失效喔！」

「失效？」我瞪了他一眼，「我雖然發燒了，還是記得你說過這完全是胡謅的。」

「雖然是我隨便胡謅的，但妳不覺得隱隱約約之間，紅豆湯眞的帶給我們很多開心和一點點的好運氣嗎？」

看著他認眞說話的表情，我突然也有一點認同。

從第一次和他見面，因爲資料滿天飛而我差點被車撞到的那天開始，再到後來幾次因爲心情不好，和他一起喝紅豆湯，雖然紅豆湯的傳說只是他隨口亂說的，但不知道是不是巧合，或者只是源於一種心理作用的催眠，紅豆湯好像眞的就像他說的一樣，帶給我們很多的開心與好運氣。

「也許吧！」我沒有否認，也沒有給予肯定，給了他一個很模棱兩可的答案。

他站起身，「所以，等一下我把紅豆湯弄熱一點，一起吃掉吧！」

「嗯。」我看了一眼放在和室桌上的兩碗紅豆湯，想起在頂樓時的一切。那對我來說很刺眼的畫面，又再次浮現在我腦海。

「不過，在加熱紅豆湯之前，我想我必須再向妳說明一次，」他嘆了一口氣，站起身，坐在我床邊，「那個女孩跟我真的沒有什麼，請妳相信我。」

「……」看著他深邃的眼神，我的心跳又變快了許多。

「我真的沒想到她會突然這樣抱住我，也請妳相信，我立刻推開她了。」

因爲喉嚨發癢，我咳了咳，「不管你和她到底是不是兩情相悅地抱在一起，以及到底是什麼樣的關係，咳……你不需要向我報告這麼多。」

「當然需要。」

「需要？我又不是你家人，也不是你的……唉唷！反正你要和哪個女生怎麼樣，完全不需要向我報告。」不想讓自己沉迷於他帥氣的輪廓而軟化了態度，我急急地別過臉不看他。

「我說過了，當然需要，」他伸出他溫暖的大手，撫著我的臉，讓我再次以很近很近的距離面對他，「因爲從現在開始，程卉曦就是我李梓易想追求的女孩，所以爲了讓我有更多的勝算，我想我需要把這一切和妳解釋清楚。」

想追求的女孩？

我的心撲通撲通地快速跳著。

我聽錯什麼了嗎？是感冒病毒的關係，害得我產生了幻聽或是幻覺嗎？

「你、你在說什麼啦？」

「我說，我喜歡妳……」他捧著我的臉，溫柔地吻住了我。

身體好麻喔……心也跳得好快，還有一種溫暖，突然讓我感覺感冒已經好了一半。

但！

我推開他，「李梓易！」

「怎麼了？」他對我突如其來的舉動十分疑惑。

我將手放在他的額頭上，「感冒的明明是我，怎麼我覺得昏頭的是你啊？」

他對著我溫柔地笑了，將我的頭髮勾在我耳後，「我沒有昏頭。」

「李梓易？」我不敢相信地看著他。

「我知道自己在做什麼……」

「等一下……你不怕被我傳染喔？」

「不怕。」說完，他又輕輕地吻住我。

44

「喝了熱熱的紅豆湯，有沒有感覺比較舒服？」他帶著很溫柔的微笑，看著正捧著紅豆湯的我。

「嗯。」我點點頭，不好意思地笑了笑。他剛剛突如其來的舉動，讓我有受寵若驚的感覺。

心裡雖然很開心他這樣出奇不意地抱住我，給了我好大的驚喜，還有那種甜甜的被呵護的感覺，但此刻，我實在不知道應該用怎樣的心情面對他。每次想開口說話時，都因爲看見他深邃的眼神而感到害羞與難爲情，最後只好又低頭繼續吃著我的紅豆湯。

「對了！今天下午找我這麼急，有什麼事嗎？」他開啓了話題，表情很自然，就像平常一樣。

我想了想，「聽說教練還是沒讓你參加比賽，我擔心你心情不好，所以……」

「想來安慰我嗎？」

「嗯，而且……咳……」我咳了幾聲，「而且直覺告訴我，你應該會在那個祕密基地，所以我特別繞去買了紅豆湯，想要安慰你一下，希望你心情好一點。」

「謝謝妳。」

「不客氣啦……」我尷尬地笑了一下，「只是沒想到……竟然發生了這一連串的事情。」

「我很抱歉。」

「沒關係啦！是我不明就裡，還搞不懂狀況，就一個人躲起來難過。現在想想，也覺得有點好笑。」

「哪會好笑？」

「當然好笑啊！不明就裡地覺得她是你女朋友，然後……然後……」我把原本想說的「吃醋」兩個字吞回去，「還不敢叫住你們，結果被關在頂樓，吹了將近一個小時的涼風，最後感冒發燒，實在有夠糗的。」

「如果我沒有來替妳開門呢？」

「我本來就不覺得你會猜到我在那裡啊！」我嘟了嘟嘴，無奈地說：「我本來就已經做好打算，要等到毓琪看完電影，再請她來幫我開門。」

「那不就要等更久？」

「那是當下我唯一想得到的辦法。」我聳聳肩。

「那不是唯一的辦法，妳應該早在我打電話給妳時，就要告訴我妳的困境了。」

「我才不要。」我噘了噘嘴，想起那時候氣到把他的電話掛斷還關了機的心情。

「程卉曦，妳眞的是一個名符其實的大醋桶耶！」李梓易帶著微笑，眼角瞇起來的那種笑。

「誰吃醋啊！」

「妳呀！」

「臭美！你……」我的話還沒說完，又被他柔軟的嘴唇輕輕地偷襲了一下。

「別不承認。」他捏了捏我的臉頰。

「李梓易，」我握緊拳頭，故意舉在他眼前，「你是吻習慣囉？我又不是你女朋友。」

「我說過我會認真追求妳。」他一樣笑笑的，語氣有點霸道。

「喂！你要追求我是一回事，我要不要答應你的追求又是另外一回事好嗎？」

「好。」他抿抿嘴，露出了很神祕的笑，「我知道。」

「知道就好啦！」我白了他一眼，「對了，爲什麼你們教練突然要把你從比賽名單裡抽掉？」

他微微地皺起眉，聳聳肩，「沒有爲什麼，不是跟妳說過我們教練超情緒化的嗎？」

「可是……再怎麼情緒化，也不可能隨便更改這種事情吧？」

「誰知道！我們教練就是怪怪的。」

「李梓易，你很難過或至少有一點生氣吧？」

「哈！說完全沒有這些情緒是騙人的，不過，既然無法溝通，那就算啦！」

「可是……」

「反正比賽多得是，也不見得一定要參加這一場。」

「眞的嗎？你眞的可以……」

「放心，如果再繼續討論這件事情，就是在我傷口上灑鹽了！」他拿起碗，把剩下的紅豆湯全部喝光。

「好啦……」

「快喝吧！時間差不多了，我也該回去了。」

「嗯。」

「對了，晚上還是不舒服的話，不管多晚，都打電話給我。」

「謝謝你。」因爲他的話，我心裡再度感到暖暖的。

45

李梓易幫我把煮紅豆湯的鍋子洗好，並且收好電磁爐之後，才穿起了外套，準備從我住處離開。

他開門，「我先離開囉！記得，不舒服的話，不管多晚，都要打電話告訴我。」

「好，謝謝你。」我本來打算看著他離開，卻因爲手機突然響起，我連忙走回床邊，「不送你囉！我先接個電話。」

「拜拜。」

「拜拜。」說完，他便關上門。

「喂？」

「小曦，抱歉啊！我們下午吃完飯就一起去看電影了，怎麼啦？找我什麼事？」

「沒啦！發生了一連串的事情，不過幸好都解決了。」我咳了咳，「打給妳是想麻煩妳到李梓易他們系館樓上幫我開個門，我被鎖在那裡了。」

「爲什麼?」電話裡，毓琪疑問的聲音揚得高高的。

「說來話長，明天我再跟妳說清楚，現在喉嚨有點不舒服呢!」我嘆了一口氣，

「李梓易幫我開門後，發現我發燒了，所以就帶我去看醫生。」

「喔!嘿嘿!這傢伙還滿有良心的嘛。」

「嗯……」

「對了，說到李梓易……在簡餐店的時候，我和柏志的電話不是沒說完嗎?」

「對啊。」

「柏志剛剛回我電話了，妳知道爲什麼李梓易這次臨時被換掉嗎?」

「爲什麼?」

「其實我不太懂，不過好像是有一次的特訓還是什麼測驗吧!他好像因爲前一天喝了酒，而且沒睡飽、精神太差的關係，測驗成績不太理想，所以教練才取消他這次參賽的資格。」

我皺了皺眉，直覺想起那天在公園時，他陪我一起喝酒的事。他爲了不讓我喝太多，一個人喝了三瓶啤酒，晚上又留下來照顧我，沒辦法趕回住處換衣服，隔天只好直

接趕去學校參加特訓。

「毓琪，我晚一點再打電話給妳，我先去找一下李梓易。」直接掛了電話，我將手機丟在床上，趕緊跑到窗邊，看看李梓易離開了沒有。我往樓下看去，果然看見正準備戴上安全帽的他，「李梓易！喂！李梓易！」

我看著他停下戴上安全帽的動作，然後抬頭往我窗邊看了過來，「怎麼了？」

「你先等我一下！不要離開喔！」說完，我關上窗戶，抓了鑰匙衝出門外。

然而，我才跑了兩層樓梯，就已經遇到也正往上爬的李梓易，我還因為沒注意到他，差點撞上他的胸膛。

「怎麼了？」

我抬頭看著滿臉疑惑的李梓易，然後不由自主地抱住他，將臉靠在他厚實的胸膛，

「為什麼你不告訴我？」

「嗯？」

「對不起……」

「什麼對不起？」

「毓琪說，柏志告訴他，你之所以被教練換掉……」我吸了吸鼻子，「對不起，如果那天沒有打電話給你，沒有任性地要你陪我，沒有……」

他輕輕地，溫柔地摸著我的頭髮，「程卉曦，我沒有怪妳的意思。」

「可是，你明明很在意這場比賽的，你明明……」

「我是很在意這場比賽沒錯，我也爲這場比賽努力了很久，但我眞的沒有怪妳，甚至沒有想過是因爲當時和妳一起喝酒，或是在妳這裡待了一晚之類的後悔念頭。」他拍了拍我的肩膀，「所以道歉無效，因爲我完全沒有怪妳的意思。」

「眞的嗎？」我抬起頭看著他。

「眞的，因爲比賽還會有很多場，但是程卉曦只有一個。」

聽了他的話，我又感動得掉下眼淚，再次用力抱住他，「可是……那時候，我明明心裡想的都是憲竣，明明……」

「其實我不怕，因爲我有和妳一樣，默默等待一個人的勇氣。」他摟著我的肩，在我的額頭上輕輕吻了一下。

46

「要去哪裡啊？」我坐在後座，始終不知道目的地是何處。

「祕密。」

「是祕密基地嗎？」

「不是。」

「那快到了嗎？」

「再十分鐘左右。」李梓易拍拍我從後座抱著他的手，「妳先別問。」

「喔……」

於是，我帶著滿肚子疑惑，默默看著路旁的景物，偶爾和他隨便聊一些無聊的事情。

「對了，妳會冷嗎？」

「現在是還好，聽你的建議，我多穿一件衣服了。」

「那就好。」

「所以到底要去哪裡？」

「再耐心等一下，不過妳應該很快就會猜出來的。」

「喔？這裡是……」我看著四周景象愈來愈偏僻，原本還很大的路也愈來愈小了。

他哈哈地笑了笑，「抱緊一點，我想騎快一點，免得讓大家久等了。」

「喔。」停頓了幾秒，「大家？大家是誰？」

「等一下妳就知道了。」

我輕輕地哼了一聲，決定不再問他究竟要去哪裡，反正幾分鐘後答案就會揭曉了。

果然，不到兩分鐘，他就將機車停在路邊，「到了。」

「到了？」我下了車，脫下安全帽，疑惑地看著四周，「這是……」

「對，就是妳書桌上那張合照的地點。」他也很快地脫下安全帽，拉著我的手，

「跟我來。」

「要去哪裡啊？」

「當然是去你們之前拍合照的地方啊！」他緊緊拉著我的手，牽著我踏上有點坡度

的小土丘，「快。」

「好！慢一點啦！這裡好恐怖喔……」

「小心喔！」

「嗯。」我小心翼翼地跟著他爬上小土丘，再慢慢走到從前和毓琪他們一起來看夜景的小草原。我走到草原盡頭，望著山下一片萬家燈火的夜景，「你怎麼知道這裡？」

「我去拜託毓琪，請她告訴我的。」

「是喔……」我展開雙手，吸了一大口氣，「好久……沒有到這裡來了！但是這裡的夜景，和以前一樣美麗。」

「當時妳是在這片夜景中……」

「發現自己喜歡上憲竣的。」我笑了笑，「那時候，我一直好期待好期待流星能夠出現，好讓我許一個憲竣會喜歡我的願望。」

「結果呢？」李梓易看我摩擦著雙手，體貼地把他的圍巾拿下來替我戴上。

「等了一整晚，流星都沒有出現，所以沒能許願成功，憲竣從來沒有喜歡上我。」

「程卉曦……」

「嗯？」

「這次，不管會不會有流星，我都要在這片夜景的見證下告訴妳，我眞的很喜歡妳。」

「喜歡我？」突然間，我以爲自己聽錯了什麼。

「嗯。」他溫柔地看著我，「我眞的很喜歡妳。」

「你喜歡我？可是，爲什麼？」是一種好奇，也是一種……確認。

「我喜歡妳的自然、妳的不做作，喜歡妳搞烏龍之後傻氣的笑容。」

「是搞得資料滿天飛的烏龍嗎？」我故意瞪了他一眼。

「沒錯。」他笑了笑，「請妳答應當我的女朋友好嗎？」

抬頭看著他，我突然好感動，熱熱的眼淚又再次盈滿了眼眶，「我……」

「妳願意嗎？」

我輕輕地點點頭，眼淚也在這個時候掉下來。我踮起了腳尖，將我的嘴唇貼在他的嘴唇上，給了他一個非常肯定的答案。

他原本稍稍回應著我的吻，這個時候突然別過臉，「程卉曦……」

「啊？」我不解地看著他。

「我剛剛……看見流星了。」

「流星？」我睜大眼睛，趕緊轉身看著前方的天空，「眞的看到流星了？」

「嗯。」

「都是你啦！幹麼不早一點告訴我？」我又回頭，懊惱地瞪著他。

「流星的速度這麼快，就算我告訴妳，妳也來不及看到。」

「可是……」我嘟著嘴，其實他說的我都知道。

「不過妳放心。」

「嗯？」

「我許了願。」

「你許了什麼願？」

「希望我和程卉曦能夠一直甜蜜幸福下去。」

「眞的？」

「當然。」他溫柔地笑著，「相信有飛過天邊的流星做見證，這個願望一定會實現的。」

「希望。」看著他的笑容，我也不自覺地跟著笑起來。

「我眞的……好喜歡妳。」說完，他又緊緊摟住我，將他的嘴唇貼在我的嘴唇上，繼續了剛剛未完成的吻。

【全文完】

幸福如流星閃耀

・後記・

流星，不只是對於Micat，相信對於很多人來說，都代表著某種幸福的代名詞，而且我相信大家也和我一樣，曾經帶著滿滿的期望，仰頭望著天，期待在流星劃過的那一剎那，許下一個珍貴而甜蜜的願望。

在寫《飛過天邊的幸福》這個故事時，我就是帶著對流星的憧憬而完成的，寫到後來，甚至還想起好幾年前，和幾個大學的死黨一起去看流星雨的往事。那時候，我們儘管因為天氣寒冷，不斷發抖，還是因為流星的出現而開心地歡呼，因為看見乘載著許多浪漫元素的流星而開心，感到幸福。

故事裡的小曦，最後也在流星劃過的美好夜景下，接受了李梓易的追求。儘管在不久之前，她的目光始終只停駐在憲竣身上，然而，在無預警的情況下，另一段感情就這麼樣悄悄潛入她心裡，以迅雷不及掩耳的速度發酵。

也許現實生活中，我們也曾經執著於一段不會有結果的感情，或者此刻看著這篇後記的你，也正處於這樣的情境中，也因為對方的心裡有另外一個人，而悄悄地傷心難過，但是，在堅持與執著的心情下，會不會有另一種可能，是另一段美好而且更值得的愛情，正在另一個轉角等著你呢？

就像程小曦和李梓易的愛情。

民國一〇一年的第一個故事，關於程小曦與李梓易的愛情，一樣由衷地希望大家會喜歡，也祝福每個人在新的一年裡，都能夠遇見或是擁有一段幸福而甜蜜的感情。

特別選在 Micat 生日這天寫完後記，希望在這個對我來說最最特別，也最最幸福的日子裡，藉由後記來謝謝一直支持著 Micat 的大家，謝謝你們永遠不吝惜地給我鼓勵，讓我在創作的路上一直擁有很強大、很滿的勇氣，能夠充滿著極大的力量繼續努力下去。

最後，除了謝謝此刻看完了故事的你，同樣也要謝謝最支持我的家人，以及我最深愛的 Richard，還有最最辛苦的編輯，謝謝。

Micat 2012.01.09

國家圖書館出版品預行編目資料

飛過天邊的幸福 / Micat著. -- 初版. -- 臺北市；商周，城邦文化出版；家庭傳媒城邦分公司發行，民 101.02
面 ； 公分. --（網路小說；190）

ISBN 978-986-272-108-7（平裝）

857.7 100028184

飛過天邊的幸福

作　　者／Micat
企畫選書人／楊如玉、陳思帆
責任編輯／陳思帆

版　　權／翁靜如
行銷業務／朱書霈、蘇魯屏
總 編 輯／楊如玉
總 經 理／彭之琬
發 行 人／何飛鵬
法律顧問／台英國際商務法律事務所　羅明通律師
出　　版／商周出版
台北市中山區民生東路二段 141 號 9 樓
電話：(02) 2500-7008　傳真：(02) 2500-7759
blog：http://bwp25007008.pixnet.net/blog
email：bwp.service@cite.com.tw
發　　行／英屬蓋曼群島商家庭傳媒股份有限公司城邦分公司
聯絡地址：台北市中山區民生東路二段 141 號 11 樓
書虫客服服務專線：(02) 25007718 · (02) 25007719
24小時傳眞服務：(02) 25001990 · (02) 25001991
服務時間：週一至週五09:30-12:00 · 13:30-17:00
郵撥帳號：19863813　戶名：書虫股份有限公司
讀者服務信箱 email：service@readingclub.com.tw
城邦讀書花園網址：www.cite.com.tw
香港發行所／城邦（香港）出版集團有限公司
地址：香港灣仔駱克道 193 號東超商業中心 1 樓
email：hkcite@biznetvigator.com
電話：(852)25086231　傳眞：(852) 25789337
馬新發行所／城邦（馬新）出版集團 Cité(M)Sdn. Bhd.(458372U)
11, Jalan 30D/146, Desa Tasik, Sungai Besi,
57000 Kuala Lumpur, Malaysia.
電話：(603)90563833　傳眞：(603) 90562833

版型設計／小題大作
封面插圖／粉橘鮭魚
封面設計／山今伴頁
電腦排版／浩瀚電腦排版股份有限公司
印　　刷／高典印刷有限公司
總 經 銷／聯合發行股份有限公司
電話：(02)2917-8022　傳眞：(02)2915-6275

■ 2012 年（民 101）1月31日初版　　Printed in Taiwan

定價 / 180元

ISBN 978-986-272-108-7

請於此處用膠水黏貼

商周出版

讀者回函卡

謝謝您購買我們出版的書籍！請費心填寫此回函卡，我們將不定期寄上城邦集團最新的出版訊息。

姓名：＿＿＿＿＿＿＿＿＿＿＿＿＿＿＿＿ 性別：☐男 ☐女

生日：西元＿＿＿＿＿＿年＿＿＿＿＿＿月＿＿＿＿＿＿日

地址：＿＿＿＿＿＿＿＿＿＿＿＿＿＿＿＿＿＿＿＿＿＿＿＿

聯絡電話：＿＿＿＿＿＿＿＿＿＿＿＿ 傳真：＿＿＿＿＿＿＿＿＿＿＿＿

E-mail：＿＿＿＿＿＿＿＿＿＿＿＿＿＿＿＿＿＿＿＿＿＿＿＿

學歷：☐1.小學 ☐2.國中 ☐3.高中 ☐4.大專 ☐5.研究所以上

職業：☐1.學生 ☐2.軍公教 ☐3.服務 ☐4.金融 ☐5.製造 ☐6.資訊

☐7.傳播 ☐8.自由業 ☐9.農漁牧 ☐10.家管 ☐11.退休

☐12.其他＿＿＿＿＿＿＿＿＿＿＿＿＿＿＿＿＿＿＿＿

您從何種方式得知本書消息？

☐1.書店 ☐2.網路 ☐3.報紙 ☐4.雜誌 ☐5.廣播 ☐6.電視

☐7.親友推薦 ☐8.其他＿＿＿＿＿＿＿＿＿＿＿＿＿＿＿＿

您通常以何種方式購書？

☐1.書店 ☐2.網路 ☐3.傳真訂購 ☐4.郵局劃撥 ☐5.其他＿＿＿＿＿

您喜歡閱讀哪些類別的書籍？

☐1.財經商業 ☐2.自然科學 ☐3.歷史 ☐4.法律 ☐5.文學

☐6.休閒旅遊 ☐7.小說 ☐8.人物傳記 ☐9.生活、勵志 ☐10.其他

對我們的建議：＿＿＿＿＿＿＿＿＿＿＿＿＿＿＿＿＿＿＿＿＿＿

＿＿＿＿＿＿＿＿＿＿＿＿＿＿＿＿＿＿＿＿＿＿＿＿＿＿＿＿

＿＿＿＿＿＿＿＿＿＿＿＿＿＿＿＿＿＿＿＿＿＿＿＿＿＿＿＿

＿＿＿＿＿＿＿＿＿＿＿＿＿＿＿＿＿＿＿＿＿＿＿＿＿＿＿＿

＿＿＿＿＿＿＿＿＿＿＿＿＿＿＿＿＿＿＿＿＿＿＿＿＿＿＿＿

請於此處用膠水黏貼